논어의 메시지

풀어쓴 동양고전의 지혜

01

論語

논어의 메시지

신창호 지음

종이와
종이나무

*일러두기

1. 이 책에서는 『논어』를 원래 순서대로 배열하지 않고, 5개의 주제로 나누어 다시 정돈했다. 5개의 주제는 ①학문 ②수양 ③정치 ④윤리 ⑤인물에 관한 것이다.

2. 한문 원문은 독자들이 읽기 쉽게 가능한 한 우리말로 의역하거나 번안하고 필요한 경우에는 의미를 보충하여 설명하였다. 원문은 필요한 부분을 발췌하여 제시하였고, 표점은 쉼표(,)와 마침표(.)로 우리말 번역에 맞추어 읽기 편하게 정돈하였다.

3. 저서명은 겹 꺾쇠(『 』), 편명 및 장, 논문은 홑 꺾쇠(「 」)로 표기하였고, 대화체의 직접 인용이나 인용문은 큰따옴표(" "), 강조 표시는 작은따옴표(' ')로 표시하되, 인용문 속의 인용문의 경우, 편의상 작은따옴표(' ')로 표시하였다.

4. 이 책에서 참고한 논문이나 저술의 내용은 직접 인용보다는 재해석을 통해 반영하였다. 참고한 내용이나 인용에 관한 부분은 편의상 본문에 직접 표시하지 않고 참고문헌에 제시하였다.

공자와 『논어』, 인간 사랑을 위한 몸부림

우리는 인류로 태어났다. 그 사실 하나만으로도 우리 모두는 사람이다. 그러나 사람이라고 모두가 사람이 되거나 사람다운 면모를 지니는 것은 아니다. '사람임'은 분명한데, '사람됨'이나 '사람다움'을 쉽게 체득하기는 어렵다. 그것은 어디에서 발견할 수 있을까?

동서고금을 막론하고 사람은 자신의 삶에 이상이나 가치를 부여해 왔다. 서구에서는 고대 그리스의 소크라테스나 플라톤, 아리스토텔레스를 비롯한 수많은 사상가들이, 동양에서는 중국의 공자나 노자, 우리 선조 가운데서도 퇴계나 율곡, 여유당 등 수많은 사상가들이 그랬다. 그것은 이른 바 인류의 행동을 뒷받침하는 철학 사상의 뿌리가 되었다.

오늘, 이 자리에서 안내하려는 공자는 오묘한 사상가다. 그런 만큼, 서구의 핑가레트와 같은 학자는 그의 사상을 신비스럽고 미스터리하다고 한다. 때로는 우뚝 솟은 산처럼, 때로는 움푹 파인 깊은 골짜기처럼, 때로는 아득한 허공처럼, 때로는 깊이를 가늠할 수 없는 호수처럼, 그의 제자들을 비롯하여 수많은 사람들에 의해 삶의 겉모습이 묘사되었다.

그러나 공자는 당시로서는 태생부터 삶을 살아내는 데 결정적 한계를 지니고 있었다. 야합소생野合所生이라는 천한 출신성분을 묵형처럼 받았던 것이다. 이에 공자는 어린 시절부터 온갖 험한 일과 잡일을 하면서도 인생을 묵묵히 견뎌냈다. 견뎌내기보다는 성실하게 살았다. 그런 능력을 인정받아 차츰차츰 계급계층이 상승했으나 사람들은 인정해 주지 않았다. 어떤 때는 '상가 집의 개'와 같은 취급을 받았다. 그 삶의 쓰디쓴 쓰라림은 공자를 단련시키는 무기가 되었다. 공자는 나이 50대에 이르러, 오늘날의 공직으로 본다면, 검찰총장이나 법무부장관 격에 해당하는 높은 지위에 올랐다.

인생에서 산전수전山戰水戰을 겪으며, 그 풍찬노숙風餐露宿과 희로애락喜怒哀樂의 사이사이에서 공자는 뚜렷하게 보았다. 인생을 살아가는 비법, 아니, 세파에서 인간이 살아지는 지혜를 인지했다. 그것은 한마디로 말하면, '인仁'이다.

인은 사람에 대한 사랑이다. 사람에 대한 열린 마음이요 포용력이다. 포괄적으로 말하면 인간의 삶에 대한 사랑이자, 사람됨과 사람다움을 추구하는, 심각한 열정이었다.

주자朱子가 지은 『논어집주』에는 공자의 일생을 다음과 같이 정돈해 놓았다. 이는 사마천의 『사기』 「공자세가」의 글을 압축한 내용이다.

공자는 이름이 구丘이고 자는 중니다. 그의 선조는 송나라 사람이다. 아버지는 숙량흘이고, 어머니는 안징재인데, 공자는 이 두 사람 사이에서 노나라 양공 22년(기원전 551년) 11월 21일에 노나라의 창평향 추읍에서 출생했다.

어린 시절, 공자는 어머니가 평소에 하는 행동을 보고, 상 위에 음식을 차려 놓고 예의를 갖추어 제사지내는 흉내를 내며 놀았다. 어머니가 니구산에서 무속에 종사하는 사람이었기 때문에 어릴 때부터 매일 신에게 올리는 제사상 차리는 것을 보며 자라서 그렇게 놀았다는 속설도 있다. 청년이 되어서는 말단 관직이기는 하지만, 창고를 관리하는 위리가 되어 곡식을 공평하게 다루며 사람들에게 합리적으로 나누어 주었고, 축산을 담당하는 사직리가 되어서는 짐승을 다루고 기르는 재주가 탁월하여 가축을 잘 번식시켰다.

주나라에 가서 노자老子에게 예에 관해 묻고 돌아왔는데, 그 후 제자들이 더욱 많이 찾아왔다.

소공 25년(기원전 517년), 공자의 나이 35세였다. 이 해에 나라에 권력 투쟁이 일어나자, 소공이 제나라로 도망을 갔고 노나라가 혼란스러워 졌다. 이에 공자도 제나라로 가서 고소자의 가신이 되었고, 제나라의 경공과 정치적 의견을 주고받으며 소통을 했다. 경공이 니계 지역의 땅을 공자에게 봉토로 주려고 하였으나 당시 경공의 참모였던 안영이 안 된다고 하여 경공이 당황해 했다. 그러자 공자는 제나라에서 등용될 가능성이 없음을 확인하고, 제나라를 떠나 고국 노나라로 돌아왔다.

정공 원년(기원전 509년), 공자의 나이 43세였다. 이 무렵 계씨가 막강한 힘을 바탕으로 권력을 마구 휘두르고, 그의 가신인 양호가 난을 일으켜 정권을 제멋대로 주물렀다. 이에 공자는 관직에 관심을 두지 않고 정계에서 물러났다. 대신, 학문에 몰두하며 『시경』『서경』『예기』『악경』을 정리했다. 그러자 제자들이 더욱 많아졌다.

정공 9년 공자의 나이 51세였다. 공산불뉴가 비읍을 근거지로 계씨를 배반하고 난을 일으킨 후, 공자를 등용하려고 초빙했다. 공산불뉴의 초빙에 응하여 그에게 가려고 하였으나 여러 가지 상황을 감안한 결과, 끝내 가지는 않았다.

얼마 후에 정공이 공자를 중도 지역을 다스리는 읍재로 임명했다. 그러자 1년 만에 중도 지역이 안정되고 잘 살게 되었다. 이에 사방에서 공자가 실천했던 정치를 모범으로 본받았다. 그런 정치지도력을 바탕으로 공자는 드디어 사士에서 대부大夫

로 신분상승을 이루게 되었다. 육경大卿이라는 높은 관직의 하나인 사공이 되었고, 마침내 사법과 형벌을 주관하는 대사구가 되었다. 앞에서도 잠깐 언급했듯이 대사구는 오늘날에 비유하면 검찰총장이나 법무부장관에 해당하는 고위 관직이다.

정공 10년에는 정공을 보좌하는 참모가 되어 제나라 군주인 경공과 협곡에서 회담을 했다. 협상 결과, 제나라가 노나라를 침략하여 차지하고 있던 땅을 노나라에 반환하게 만드는 성과를 거두었다. 정공 12년에는 중유를 계씨의 가신이 되게 하여 세 도읍의 도성을 허물게 하고 갑옷과 병기를 거두게 했다. 이때 맹씨의 집안이 도읍 중의 하나인 성땅의 도성을 허물려 하지 않고 반항하자, 성땅을 포위하여 공격하였으나 맹씨를 이기지 못했다.

정공 14년, 공자의 나이 56세였다. 대사구라는 고위관료로서 정사를 행하며 당시 나라의 질서를 어지럽히며 전횡을 일삼았던 소정묘를 사형에 처했다. 공자가 소정묘를 죽였느냐의 여부에 대해서는 학설이 분분하다. 그러나 그를 죽인 이유에 대해, 『공자가어』「시주」에서 공자는 다음과 같이 진지하게 대변한다.

"공자가 조정에서 일한지 7일째 되는 날, 당시 정치를 문란하게 했던 대부 소정묘를 양관 아래에서 죽였다. 그리고 조정에서 일을 맡아 보았다.

그런 일이 있은 지 사흘이 지난 후, 제자 자공이 공자에게 물었다. '소정묘는 노나라에서 착한 사람으로 소문이 나 있습니다. 그런데 선생님께서 정사를 맡자말자 첫 번째로 행한 일이 그를 사형에 처한 것입니다. 어떤 사람들은 이 일을 두고 선생님께서 실수한 것이라고 말합니다.' 그러자 공자가 이렇게 설명하였다. '자공, 자네, 거기 좀 앉게나. 내가 그 이유를 얘기해 주마.' 세상에는 큰 죄악이 다섯 가지가 있다. 남의 물건을 훔치는 절도 같은 것은 여기에 끼지도 않는다. 그 다섯 가지 죄악은 첫째, 사람을 배반하고 삐딱한 마음을 지니는 것, 둘째, 괴벽하고 굳은 행실을 하는 것, 셋째, 거짓말을 하며 변명을 늘어놓는 것, 넷째, 의리를 버리고 더러운 일에 대해 두루두루 아는 것, 다섯째, 그릇된 일을 따라 하면서 자기 한 몸만을 윤택하게 챙기는 것 등이다. 지도급 인사의 경우, 이 다섯 가지 가운데 한 가지만 어긋난 행동을 해도 죽음을 면하지 못할 것인데, 소정묘는 이 다섯 가지 큰 죄악을 모두 범하고 있다. 그가 거처하는 곳에 가 보면 자기 말을 잘 듣는 무리를 모아 큰 당파를 형성하고 있다. 그가 말하는 모습을 보면 자기보다 높은 자리에 있는 사람에게는 쩔쩔매면서 자기보다 못한 사람에게는 온갖 잘난 체를 다하며 오만을 떤다. 강한 사람 앞에서는 그가 싫어하는 옳은 일에 대해 반대를 하며 의리를 지키는 다른 사람은 모두 떠나도 자기 혼자만 그 앞에 서 있다. 이런 자는 정치를 맡은 사람 중에서도 간웅에 해당한다. 그러니 어찌 제거하지 않을 수 있겠는가? 은나라의 탕왕은 윤해를 죽였고, 주나라 문왕은 반정을 죽였으며, 주공은 관숙과 채숙을 죽였다. 제나라 태공은 화사를 죽였고, 관중은 촌을을 죽였으며, 정나라 자산은 사하를 죽였다. 이 일곱 사람은 모두 시대는 다르지만 죽을죄를 지은 것은 마찬가지다. 때문에 용서를 할 수 없었던 것이다."

소정묘를 죽인 후, 공자가 국정에 전념하며 정치를 행하자, 3개월 만에 노나라가 제대로 다스려졌다. 노나라가 잘 다스려지자 이를 방해하기 위해 제나라 사람들이 아름다운 여자들로 구성된 악사를 보냈는데, 당시 실권자이던 계환자가 이것을 받았다. 흔히 말하는 미인계에 넘어간 것이다. 뿐만 아니라, 군주가 교제사를 지내고 나면 제사지낸 고기를 대부들에게 나누어 주는 것이 당시 관례인데, 계환자는 그것조차도 주지 않았다. 이에 공자는 계환자 같은 무례한 지도자가 실권을 장악하고 있는한, 나라의 미래 전망이 없다고 보고 자신의 조국이지만 노나라를 떠났다.

노나라를 떠난 후 공자는 위나라로 갔다. 위나라에서는 안탁추의 집에 머물렀다. 안탁추는 제자인 자로의 처형이었다. 그후 진나라로 갈 때 광땅을 지나게 되었는데, 광땅 사람들이 공자를 양호로 잘못 보고 며칠 동안 억류했다. 양호는 과거 광땅 사람들을 아주 괴롭혀 광땅 사람이 원수로 여기던 인물이었다. 그런데 공자의 외모가 양호와 비슷했기 때문에 광땅 사람들이 공자를 양호로 착각하고 공자 일행을 억류하는 일이 벌어진 것이었다. 광땅 사람들의 오해가 풀리고 억류에서 벗어나자, 공자는 다시 위나라로 돌아와 거백옥의 집에 머무르며 위나라 영공의 부인인 남자를 만나보았다. 당시에는 어떤 나라에서 정치를 하려면 반드시 군주의 부인을 미리 만나 보는 것이 관례였다.

위나라에서 벼슬자리를 얻지 못하자, 공자는 위나라를 떠나 송나라로 갔다. 그런데 사마인 환퇴가 공자를 죽이려고 덤벼들었다. 이에 송나라를 떠나 진나라에 가서 사성정자의 집에 머물렀다. 거기에서 3년 동안 거주하다가 다시 위나라로 돌아왔으나 위나라 영공에게 끝내 등용되지 못했다.

진나라 조씨의 가신인 필힐이 중모의 땅을 근거지로 군주를 배신한 후 공자를 초빙했는데, 공자가 가려고 마음먹었으나 주변의 여러 사정상 가지는 않았다. 그 무렵 공자는 서쪽으로 가서 조간자를 만나 보려고 하다가, 황하에 이르러 돌아와 다시 거백옥의 집에 머물렀다. 이때 영공이 전쟁 할 때의 진법에 대해 묻자, 공자는 대답을 하지 않고 떠나 다시 진나라로 갔다.

계환자가 죽을 무렵에 아들인 계강자에게 유언하기를, 반드시 공자를 초빙하여 등용하라고 했다. 그러나 가신들이 이런 의도에 대해 강력하게 반발하고 나서자, 계강자는 공자 대신 공자의 제자인 염구를 초빙했다.

이후 공자는 채나라로 가서 섭땅에 이르렀다. 초나라 소왕이 서사의 땅을 공자에게 봉토로 주려고 하였는데, 영윤인 자서가 반대하여 일이 성사되지 못했다. 그러자 다시 위나라로 돌아왔다. 이때는 위나라 영공도 죽은 후였고, 영공의 손자인 첩이 군주가 되어 있었다. 공자의 인물됨을 알고 있던 첩은 공자를 초빙하여 정치를 하려고 했다.

염구가 노나라 계씨의 장수가 되어 제나라와 싸워 전공을 세우자, 계강자가 마침내 공자를 초빙했다. 그렇게 하여 공자의 긴 유랑은 끝났고, 고국 노나라로 돌아오게 되었다. 이때가 애공 11년, 공자의 나이 68세였다.

그러나 노나라에서는 끝내 공자를 등용하지 못했다. 공자 또한 벼슬을 구하는 데 연연하지 않았다. 대신, 『서경』과 『예기』를 연구하여 차례를 맞추어 가며 서술하고, 시를 정돈하여 『시경』를 편찬했다. 또한 『악경』을 정리하고, 『역경』의 「단전」 「계사전」 「상전」 「설괘전」 「문언전」을 차례로 지었다.

공자는 3천 여명의 제자를 두었다고 하며, 육예六藝에 통달한, 오늘날로 말하면 박사급의 학자가 72명이나 되었다.

애공 14년, 공자는 노나라의 서쪽 지역으로 사냥을 나갔다. 거기에서 기린을 잡았는데, 이때 『춘추』를 지었다.

이듬해 자로가 위나라에서 죽었고, 애공 16년(기원전 479년) 4월 11일에 공자가 별세했다. 향년 73세였다. 노나라 도성의 사수 강변에서 장례를 지냈는데, 제자들이 모두 3년상을 치르고 떠났으나, 자공만은 무덤가에 여막을 짓고 3년을 더 살며 6년상을 지냈다.

공자는 아들 리를 낳았는데 자가 백어였고, 공자보다 먼저 죽었다. 백어는 아들 급을 낳았고, 자가 자사다. 자사는 공자의 손자로 사서 가운데 하나인 『중용』 지었다.

주자가 정리한 공자의 일생은 그의 드라마틱한 삶에 비해 간략한 것처럼 보인다. 그러나 공자의 73년 삶의 흔적은 인류의 영원한 스승, 이른바 '만세사표萬世師表'로 영롱하게 빛나고 있다. 그것은 다름 아닌, 『논어』라는 저작 때문이다.

『논어』에 관한 글은 무수히 많다. 인터넷을 비롯한 다양한 매체를 통해, 『논어』의 저술 성격이나 내용상의 특성도 금방 찾을 수 있다. 『논어』는 기본적으로 공자와 그 제자들의 언행을 기록한 저작으로 '집단지성集團知性'의 산물이다. 공자의 견해를 직접적으로 드러낸 언표도 있지만, 제자와 소통하는 일종의 대화록으로 볼 수도 있기 때문이다. 이는 공자가 생존했을 당시에 저술된 것이 아니다. 공자가 죽은 후 70여 년이 지난 뒤에 편찬되었을 것으로 추측된다.

『논어』의 원본은 원래 세 종류가 있었다고 한다. 첫 번째는 공자의 옛집을 헐다가 발견한 『고논어古論語』 21편이다. 두 번째는 제나라 사람들이 전해 온 『제논어齊論語』 22편이다. 세 번째는 노나라 사람들이 전해 온 『노논어魯論語』 20편이다. 그 가운데 『고논어』와 『제논어』는 현재 전하지 않는다. 지금 우리가 일반적으로 읽고 있는 『논어』는 전한前漢 말엽에 장우가 『노논어』를 중심으로 새로 엮은 것이다. 「학이」에서 「요왈」에 이르는 20편의 편명은 특별한 의미를 지닌 것은 아니다. 글의 첫머리를 따서 편명으로 삼은 것일 뿐이다. 물론 각 편은 제각기 일정한 주제를 담고 있다.

집단지성의 산물인 만큼, 『논어』 20편의 글은 공자의 제자나 그들이 가르친 문인의 기록이다. 그렇다고 해서 문인 가운데 특정한 사람에 의해 지어진 것은 아니다. 또 한꺼번에 저술된 작품으로 보기도 어렵다. 내용이나 문체를 보았을 때 공자에게 직접 배운 제자들의 기록만으로 보기 힘든 점도 많다. 공자 제자의 제자가 기록한 것도 포함되어 있는 듯하다.

분명한 것은 공자의 행적을 무게 중심에 두고 있다는 점이다. 『논어』는 공자의 사유를 포괄적으로 담고 있으며, 그의 사상을 추종한 제자들이 저술했다. 다시 말해, 공자를 초기 집대성자로 받들었던 공자학도들의 공동 저술인 것이다. 그러므로 『논어』의 내용은 광범위하고 다양하다. 각 편과 각 장이 통일성을 띠면서 유기체처럼 얽혀 있기보다는 개별적이며 독립적이다. 언행의 주제가 논리 정연하게 체계적으로 제시되어 있지 않으며 그때그때 생긴 사안에 따라 정리되어 있다. 개인의 인격 수양이나 사회윤리에 관계되는 교훈, 정치, 철학사상, 제자들과 동시대인들을 상대로 사람에 따라 가르침을 달리한 문답, 문인·고인·동시대인들에 대한 논평, 공자 자신에 대한 술회, 공자의 일상생활, 제자들의 공자에 대한 존숭과 찬미 등 다양한 내용을 담고 있다.

중요한 것은 『논어』에 기록된 대부분의 내용이 사람의 일상 삶을 구가하고 있다는 점이다. 형이상학적이거나 추상적 이론을 앞세운 언표는 많지 않다. 대부분 현실적이고 구체적인 문제를 거론했다. 때문에 진지한 철학적 관념을 성찰하려는 사람에게 『논어』는 심심한 경전이다. 일상에 관한 언급은 공자가 '사람-사람됨-사람다움'이라는 화두를 끌어안고 일생을 '인간사랑'에 고심했다는 증거다. 『논어』에서 '인간사랑'을 의미하는 '인仁'에 관한 언급이 100회 이상 등장한다는 데서도 그것을 확인할 수 있다.

중국 근대의 저명한 학자인 양계초에 의하면, "『논어』는 전 인류가 그 인격의 위대함을 공인하는 공자의 언행을 표현한 유일한 양서"라고 했다. 때문에『논어』의 최대 가치는 인간 삶의 성찰에 있다. 『논어』는 '인간사랑'을 몸소 실천하기 위해 옛 사람의 가르침을 내 것으로 변화시키는 데서 효능을 발휘한다. 따라서 반드시『논어』를 많이 읽고 문구 자체만을 외우려고 애쓸 필요는 없다. 한두 마디의 구절이라도 아름다운 인간 삶을 위해 절실하게 받아들이고 실천할 수 있다면, 그것은 평생을 두고 쓸 수 있는 보배가 된다. 어떤 구절이 우리에게 가장 필요한 것인지는 전적으로 우리들의 삶을 이해하는 방식 여하에 달려 있다. 그럼 이제『논어』라는 텍스트 속으로 침잠해 보자.

차례

프롤로그 5
공자와 『논어』, 인간 사랑을 위한 몸부림

Message 1 공자의 화두, 학습   21

Message 2 나를 단련하는 자아실현   51

Message 3 정치와 경영의 원리   91

Message 4 합리적 윤리 도덕   119

Message 5 사람의 언행에서 배우는 지혜   153

에필로그 189
자연, 인간, 그리고 사회의 삼중주 경영

참고문헌 196

知又問子曰由也仁乎

其仁也

千室之邑百乘之家一可使

赤也何如子曰赤

Message 1

공자의 화두, 학습

1. 배움과 익힘의 길

모든 저작이 그러하듯, 공자의 어록이자 대화집인 『논어』를 이해하기 위해서는, 그 첫 마디가 무엇인지 새겨볼 필요가 있다. 첫 마디는 저자가 던지는 일종의 화두話頭이기 때문이다. 화두는 사유의 출발이자 행동의 계기다. 『논어』는 '학이시습學而時習'을 우리 앞에 내놓았다. 그것은 『논어』가 '배우고 익힘'으로 일관하는 텍스트임을 상징한다. 우리가 일상 속에서 흔하게 사용하는 용어이자 개념인 학습學習이라는 말의 출처도, 다름 아닌 여기 『논어』의 첫 마디다.

우리에게 너무나 익숙한 언표들. 과거 중고등학교 도덕 윤리 시간이나 국어 시간에 진리처럼 외우며 암송했던 구절. 『논어』 첫 편인 「학이」의 첫 구절은 이렇게 시작한다.

학이시습지 불역열호　　學而時習之 不亦說乎
유붕자원방래 불역락호　　有朋自遠方來 不亦樂乎

인부지이불온 불역군자호　　　人不知而不慍 不亦君子乎.

이 세 마디 말은 일반적으로 다음과 같이 의역된다.

"삶에 필요한 도리를 몸에 배게 하고 때에 맞게 그것을 익혀 스스로 만족하며 생활을 하면 기쁘지 아니한가?
인생에서 지향하는 뜻이 비슷한 친구가 먼 곳으로부터 나를 만나러 온다면 즐겁지 아니한가?
내가 공부한 사실을 사람들이 알아주지 않더라도 성내지 않는다면 진정으로 공부한 사람이 아니겠는가?"

이를 한글로 풀어쓰면, "사람이 일생동안 살아가는 데 필요한 기예를 배우고 익혀라. 개인적으로 그것만큼 기쁜 일이 어디 있겠는가? 자신을 알아주고 함께 의견을 나눌 수 있는 벗이 먼 곳에서 찾아온다면, 우리 삶에서 이보다 반가운 일이 무엇이 있겠는가? 남들이 알아주건 알아주지 않건, 자신의 자리에서 자기의 역할과 기능에 충실하며 본분을 다하라. 그러면 참된 사람의 진면목이 드러나리라!" 정도로 정돈할 수 있다.

공자는 왜 단말마 같은 세 마디의 반어법反語法을 인류에게 내던졌을까? 그것은 『논어』 전편에 흐르는 사유나 행실과 연관된다. 『논어』에는 다양하고 광범위한 인간 삶의 내용이 담겨 있다. 정치, 경제, 교육, 예절, 인물 등 여러 가지 사고와 행위가 그물처럼 종횡으로 짜깁기 놀이에 참여한다. 그 가운데 핵심은 '인仁'이라는 한 글자로 압축된다. 이를 끊임없이 갈망하는 인간상이 유명한 '군자君子'다. 영어로는 신사紳士를 의미하는 젠틀맨gentleman으로 번역되기도 한다.

인은 다양하게 정의된다. 사람과 대상, 상황에 따라 뉘앙스를 달리한다. 대표적 언표는 "사람을 사랑하는 일"이다. 사람을 사랑하는 작업은 "노인을 편안하게 모시고 동료들과 신의를 지키며 어린이를 잘 돌보는 자세"로 확장된다. 이는 자신을 포함하여 나름의 가치를 지니고 활동하는 인간에 대한 관심이자 배려다.

어쩌면 공자는 인간 사랑을 위한 기본 바탕이, 배우고 익힌다는 '학습'에 있음을 내면적으로 깨달았을지도 모른다. 그 경위가 어떠하건, 『논어』의 편집자들은, 학습의 문제를 삶의 최전선에 두고, 그것만이 사람이 되고, 사람다운 사람으로 향하는 최선의 방법이라고 인식했을 수도 있다. 따라서 『논어』의 첫 구절을 이해하는 작업은 『논어』 전편의 윤곽을 파악하는 계기가 된다.

『논어』의 첫 세 구절은 배우고 익히는 학습의 차원에서 보면, 다음과 같은 삶으로 요약된다.

첫째, 배우고 익히는 학습의 '기쁨'이다.

둘째, 뜻이 같은 친구의 방문을 통해 어울리는 '즐거움'이다.

셋째, 남들이 알아주지 않아도 성내지 않는 스스로 공부한 사람으로서 느끼는 '자부심'이다.

그것은 개인으로서 인간이 스스로 배우고 익히는 공부를 삶의 첫 번째 단계로 설정하고, 한 인간이 타인을 만나면서 발생하는 사회적 상황과 소통의 과정에서 수시로 함께 고민하는 일상을 전개하며, 타인들이 자기를 인식할 때 자신의 떳떳하고 자랑스러운 삶을 표출할 수 있는 인생의 양식을 일러준다.

여기에서 『논어』의 화두인 학습은 모든 삶의 전제로 작용한다. 학이시습지學而時習之는 개인의 공부에 해당하고, 유붕자원방래有朋自遠方來는 뜻을 함께 하는 동지, 즉 타자와 더불어 하는 협력이나 협동의 모습이며, 인부지이불온人不知而不慍은 개인의 공부나 공동의 협력을 초월하여, 다시 자신을 확인하며 인생을 마련하는 삶의 양상이다.

문제는 배우고 익히는 학습의 내용이다. 무엇을 배우고 익혀야 하는가? 학습에서 학은 모든 사물에 관한 막연한 배움이 결코 아니다. 『논어』의 정치, 경제, 사회, 문화 전 영역에서

펼쳐지는 문화의 총체이다. 그것을 유학에서는 육예六藝라고
한다.

육예는 흔히 '예악사어서수禮樂射御書數'를 지칭하기도 하고,
'『시경詩經』·『서경書經』·『예기禮記』·『악경樂經』·『춘추春秋』·
『역경易經』'의 육경六經을 의미하기도 한다.

예악사어서수는 유학에서 어린 아동 혹은 어리석은 사람들
이 공부하던 소학小學의 내용이다. 그러기에 일상생활의 실천
적이고 형이하학적 길을 제시한다. 흔히 말하는 기본예절이나
삶의 기초에 필수적인 교육과도 상통한다. 예악사서서수를 소
개하기 전에, 공자가 집대성한 유학의 소학 공부에서 먼저
언급해야 할 것이 있다. 소학에서는 예악사어서수 이전에 공
부해야 하는 필수 내용으로 쇄소응대진퇴灑掃應對進退를 강조
한다.

'쇄소灑掃'는 새벽에 일어나서 방과 마루를 쓸고 닦으며 뜰
에 물을 뿌리고 쓸어내는, 간략하게 말하면 청소하는 행위에
비유할 수 있다. '응대應對'는 부모 또는 어른을 비롯하여 타인
이 부르거나 어떤 일을 시키면 공손하게 응낙하고 사안에 따
라 대답하는 행위다. '진퇴進退'는 어른이 계신 곳에 나아가고
물러남, 그리고 돌아다닐 때 신중하고 경건하게 대처하는 일을
말한다. 이는 인간이 태어나서 기본적으로 행해야 할 도덕의

기준이자 윤리 규범에 해당한다. 그러므로 인간의 일생에서 가장 중요한 기초 교육이다.

쇄소응대진퇴의 공부가 제대로 된 이후, 예악사어서수의 육예로 진입한다. 공자가 『논어』에서 문제로 제기한 '학이시습'은, 아마 '쇄소응대진퇴'를 전제로 하는 동시에 그것을 포함한 육예이리라.

예악사어서수에서 '예禮'는 인간 삶의 법도를 익혀 예의범절禮儀凡節에 맞게 가르치는 작업이다. 이는 현재적 의미의 예절로 이해할 수 있다. '악樂'은 소리의 높고 낮음을 잘 이해하여 조화調和의 의미를 깨닫도록 가르치는 것이다. 현대적 시선에서 볼 때, 음악의 역할을 고려하면 이해가 쉽다. 또 '사射'는 하나의 활에 네 개의 화살을 끼워 활을 쏘는 양식으로, 화살이 과녁을 정확하게 맞히느냐 맞히지 못하느냐가 관건이다. 이는 사람이 자신의 마음을 바로 잡고 있느냐 아니냐의 여부로 사람의 덕행德行을 살펴보는 것이다. '어御'는 한 수레에 네 마리의 말이 수레를 끌게 하는 말을 몰며 부리는 법이다. 말 모는 사람이 고삐를 잡고 수레 위에 서서 제대로 부리며 바른 길을 잃지 않도록 연습시키는 것이다. 그리고 '서書'는 일종의 글을 다루는 작업으로 글을 쓰는 서체를 통하여 사람의 마음이 바르고 비뚤어진 정도, 즉 마음의 획을 보는 것이다. '수數'는 셈하기로 수를 계산하여 물건의 변화를 알 수 있게 함으로써 인간의 생활을 조절할 수 있는 것이다. 이는 이전에 실천하는 '쇄소응대진퇴'에 비해 2차적 작업이며, 지적인 공부의 내용이 포함된다.

인간의 행위에서 일의 순서와 실천의 논리 측면에서 보면, 소학에서는 쇄소응대진퇴가 먼저이고 예악사어서수가 나중에 할 일이다. 쇄소응대진퇴는 일상에서 직접적으로 이행하는 기초 공부이고 예악사어서수는 일상 기초 공부의 원리를 담고 있는 응용 공부로 볼 수 있다. 쇄소응대진퇴의 공부가 사회생활을 유지해가는 직접적 생명력이라면, 예악사어서수의 지식 응용 공부는 그런 생명력의 확장과 관련된다. 또한 현실 생활의 운용 과정에서 보면, 쇄소응대진퇴는 실천적 측면이고 예악사어서수는 이론적 측면으로 구분해 볼 수도 있다. 그러나 이 둘은 늘 삶 속에서 상호 성찰되는 구조다. 이런 소학을 바탕으로 유학은 어른들의 공부인 대학大學으로 나아간다. 여기에서 소학-대학의 점진적 단계를 뛰어넘는 공부는 금물이다.

대학 공부의 핵심이 다름 아닌 육경이다. 『논어』가 어른들의 공부 문제를 다루고 있다는 차원에서, 학이시습의 학습은 육경의 내용을 배우고 익히는 작업에 가깝다. 그것은 공자가 심혈을 기울여 육경을 저술했다는 점에서도 수긍할 수 있다. 육경은 공자가 그토록 그리워했던 주나라의 학문 전통을 정리한 내용으로 가득하다. 인간이 사유하고 행실로 실천할 수 있는 다양한 삶의 경험을 담고 있다.

첫째, 『시경』은 인품 수양과 인간과 자연 사이의 교제 방법을 일러준다. 인간의 지식과 정서, 의지의 세 측면을 아울러 촉진하고 발달시킨다. 그것은 온전한 사람으로 나아갈 수 있게 안내자 역할을 한다.

둘째, 『서경』은 역사적 교훈, 특히 역대 훌륭한 제왕들의 정치적 업적을 통해 올바른 인간의 길을 일깨워준다. 사람들을 다스리는 도리와 문화 융성의 길이 어디에 있는지, 그 방향을 지시한다.

셋째, 『예기』는 자연의 법칙이자 이것이 인간 세상에 올바로 적용되고 실천되어 인간이 행해야 할 것에 대한 기록이다. 그러므로 국가와 사회생활의 유지에 중대한 작용을 하는 것으로 인식됐다. 이 『예기』는 『주례』『의례』와 함께 삼례三禮라고도 한다.

넷째, 『악경』은 단순한 음악이 아니라 시詩·가歌·무舞·곡曲이 복합적으로 내포된 종합예술이다. 이는 인간의 정서와 감정의 조화를 통해 숭고한 인격을 이루게 하고, 건강한 사회를 형성하는 바탕으로 작용했다. 중국 고대 사회에서는 배움을 완성시켜 주는 공부를 음악으로 보아 악을 매우 중시했다.

다섯째, 『역경』은 『주역 周易』으로 인간사의 좋고 나쁜 일, 옳고 그른 일, 이른 바 '길흉정사 吉凶正邪'와 사물의 이치가 어떠한지 그 정미함을 이해하여 인간이 피해를 당하지 않도록 하는 방법을 일깨워준다.

여섯째, 『춘추』는 인간관계의 질서와 옳고 그름, 선과 악을 판단하여 결정하는 일의 원칙을 보여준다. 이는 세상을 어지럽히지 않는 법을 일러주는 것이다.

이 육경에 대해 장자는 "『시경』은 사람의 마음을 나타낸 것이고, 『서경』은 세상의 일에 대해 말한 것이며, 『예기』는 사람의 행실에 관해 말한 것이고, 『악경』은 사람의 화합에 대해 말한 것이며, 『역경』은 음양의 원리와 이치에 관해 말한 것이고, 춘추는 임금과 신하의 명분에 대해 말한 것"이라고 평가하였다. 다시 말하면, 『시경』은 인간의 사상과 감정에 관한 내용을 담고 있고, 『서경』은 역사적 기록을, 『예기』는 일상의 예의 법도를, 『악경』은 인간의 화해 문제를, 『역경』은 우주 자연의 동력을, 『춘추』는 인간의 상하 관계와 질서를 표현하고 있다. 이처럼 육경은 일상을 합리적으로 도모하기 위한 가장 적절한 내용을 담보 한다. 『논어』는 그것을 배우고 익히는 작업을 인간이 일생을 엮어가는 1차적 임무라고 선언한 것으로 보인다.

이런 차원에서 『논어』 첫머리의 '학이시습'은 인생의 전 영역을 아우르는 삶의 기술을 익히기 위한 거대한 학문의 장치다. 넓은 의미에서 그것은 삶의 건전함을 꾀하는 윤리의 체득이자 삶의 예술이다. 현대적 의미에서 볼 때, 인문, 사회, 자연과학은 물론 예체능의 내용을 기본적으로 습득하여 온전한 삶을 꿈꾼다.

주자의 해설을 보면, 『논어』의 첫마디, 배우고 익힘이라는 학습의 의미가 보다 선명하게 다가온다.

학습의 시작 단계에 해당하는 "학이시습지 불역열호學而時習之 不亦說乎?" 그것은 다음과 같은 자세와 태도를 견지한다. 사람은 본받은 뒤에야 알고 능숙해진다. 이때 앎의 이치를 깨닫고 일에 능숙해지기 위해 삶의 기예를 수시로 반복하고 익힌다. 새가 끊임없이 날개 짓하여 창공을 가로지르며 날 수 있듯이 말이다. 본받은 것이 익숙해지면 사람은 마음으로 희열을 느낀다. 사람이 진정으로 본받지 않으면 당연히 알아야 할 이치를 알 수 없고 맡은 일에 능숙할 수 없어 무턱대고 살아가게 된다. 배웠는데 익히지 않으면 겉과 안이 어그러져서 가야 할 길조차도 알 수 없다. 익혔는데 실행하지 않으면 공부가 끊어져서 이전에 익혔던 일도 제대로 효과를 볼 수 없다. 그러므로 본받은 뒤에 항상 그것을 익히면 마음과 이치가 서로 부합한다. 아는 것은 더욱 정밀해져서 마음에 평안을 주고, 능숙한 것은 더욱 견고해져서 마음에 차분함을 가져다 준다.

이런 마음으로 삶을 예비하다 보면, 학습의 중간 과정인 "유붕자원방래 불역락호 有朋自遠方來 不亦樂乎?"는 삶의 부대낌과 그 해결 방안을 넌지시 일러준다. 사람이 살아가면서 해야 할 주요한 일은 남에게 좋은 영향력을 미쳐서 믿고 따르는 사람이 많게 해야 한다. 그것은 사람과 사람이 만나고 논의하는 상황에서 이루어진다. 이 세상의 이치와 의리는 사람이 공통적으로 지닌 가치 체계다. 나 홀로 독점할 수 있는 사안이 아니다. 예전에 어떤 똑똑한 사람이 세상 사물에 대해 공부를 하면서 '자기 혼자만이 그 사물의 이치를 얻었다'라고 생각했다. 그런데 사람들에게 자기가 '사물의 이치를 터득했다'고 아무리 떠들어 대도 사람들이 믿어주지 않고, 또 사람들이 자기를 따르지도 않았다. 이런 상황에서 자기 혼자 사물의 이치를 터득했다고 강변할 수 있겠는가? 세상에 이런 자세로 갈팡질팡 거리며 살아가니, 다른 사람과 마음을 공유하기는커녕 의사소통도 제대로 되지 않는 것이다. 지금 나의 본받음은 내가 애쓴 결과지만, 그것을 사람들과 공유하고, 사람들이 나를 믿고 따른다면, 세상 사람들 마음이 모두 같은 뜻을 얻은 것으로 볼 수 있다.

사람들이 올바른 생각과 마음으로 일체감을 형성할 때 사회는 밝아진다. 그런 사회적 분위기가 무젖어 들면, 사람들은 더 이상 본받고 익혀야 할 것이 없는 상황으로 접어든다. 그것은 학습의 완성태, 앞에서 말한 "인부지이불온 불역군자호人不知而不慍 不亦君子乎?"의 단계다. 나는 사람들과 마음을 주고받으며 나름대로 열심히 노력하고 있다. 그런데 사람들이 나를 알아주지 않는다. 이럴 때 보통 사람이라면 서운한 감정이 없을 수 없다. 그런데 이 서운함은 어디에서 기인한 것일까? 거짓 없이 열심히 성실하게 살아가면 됐지, 더 이상 무엇이 필요한가? 남들이 나의 삶을 알아주지 않는다고 서운해 하는 마음은 다른 사람에게 무언가를 기대하는 것이 있기 때문이다.

배움은 자기를 위한 일이다. 그것을 유학에서는 '위기지학爲己之學'이라 한다. 사실, 대부분의 사람들이 자기를 위한 배움을 근본으로 삼지 않는 경우가 많다. 내가 출세하고 명성을 날리고 있는 만큼 다른 사람들이 알아주기를 바란다. 그것은 남에게 보여주기 위한 배움이다. 유학에서는 이를 '위인지학爲人之學'이라 하며, 건전한 인간이라면 가장 경계해야 하는 삶의 태도다.

진정 자기를 위해 배운다면, 사람들에게 자기의 앎과 익힘을 마구 드러내려고 하지 않는다. 태연하게 거처한다. 알아봐 주지 않아도 티끌만큼도 성내지 않는다. 이처럼 불평하는 뜻이 없어야 덕성이 높은 지성인이다. 날마다 덕을 쌓아 그치지 않으면, 사람들을 원망하지도 허물하지도 않고, 아래로부터 배워 위로 통달하게 된다. 그것이 다름 아닌 '하학상달下學上達'이다.

이처럼 『논어』의 화두, 배움과 익힘은 이 세 구절을 통해 유기체적 과정으로 이해된다. 삶의 과정에서 배움과 익힘은 자기만족이요 타인과의 어울림이며 내면의 성찰이다.

다시 정리하면, 학습의 시작 단계는 학이시습學而時習의 기쁨으로 주체의 마음에 흡족한 희열이 느껴지는 상황이다. 그것은 자기 단련과 수양의 과정인 수기修己에 해당한다.

학습의 중간 단계는 유붕자원방래有朋自遠方來의 즐거움으로 올바름, 또는 착함을 공유하려는 인간의 만남이다. 이는 자기와 동지인 타인과의 관계 맺음에서 타자들과 의사소통하는 대화의 장이다. 긍정적 영향력을 공유하는 사람 사이의 관심이자 이해이며 배려의 실천이다. 그것은 다른 사람들과 함께 호흡하며 사람들을 다루는 치인治人이나 사람들을 편안하게 마주하는 안인安人으로 볼 수 있다.

그리고 학습의 최종 단계는 인부지이불온人不知而不慍의 사람됨, 또는 사람다움으로 자기성찰의 강화와 완성된 인간으로서 지성인의 모습을 드러낸다. 군자로 표현되는 지성인은 동지뿐만 아니라 모든 인간을 포용력으로 감싸고 화해하며, 모든 사람을 편안하게 잘 살도록 하는 안백성安百姓으로 인도한다.
그것이 바로 배우고 익히는 학습의 종결판이다.

이러한 배움과 익힘, 학습의 확장 과정을 〈표 1〉과 같이 정리
할 수 있다.

〈표 1〉 배움과 익힘의 확장 과정

	확장 과정		상황	관계	심화	이념의 확장
學習	시작 (始)	學而時習	說 : 개인적 기쁨 (개인학습)	나와 나	내면 세계의 강화	修己
	중간 (中)	朋遠方來	樂 : 만남의 즐거움 (협동학습, 공동체학습)	나와 너	내면과 외면의 만남	修己 → 治人 (安人)
	완성 (終)	不知不慍	君子 : 인격완성 (초월적 학습)	나와 우리	내면과 외면의 일체	修己 = 治人 (安百姓)

2. 학문을 위한 메시지

인간의 만남을 글공부보다 중요하게 여겨라

젊은이들이여! 다음과 같은 자세로 자신의 생활을 가꾸어 가라. 첫째, 집안에서는 부모 자식, 형제자매 사이에 효도와 우애를 다해야 한다. 둘째, 집밖의 사회에 나와서는 친구나 동료 사이에 우정을 나누어야 한다. 셋째, 사회생활을 하면서 어떤 상황에서건 신중하게 행동하고 신의를 지켜야 한다. 넷째, 어떤 사람을 만날지라도 마음을 열고, 참다운 사람을 만났을 경우 그를 더욱 가까이 하며 배워야 한다. 일상에서 이런 삶의 자세를 제대로 실천하는 것이 중요하다. 머리로 하는 글공부는 생활하는 중간 중간에 여유가 생길 때 해야 한다. 글공부를 인간관계보다 앞세워 잘난 체 해서는 결코 안 된다.

弟子, 入則孝, 出則弟, 謹而信, 汎愛衆, 而親仁. 行有餘力, 則以學文.
_「學而」6

자신이 가장 좋아하는 마음으로 지혜롭고 현명한 사람을 대우하고 존경하며, 온몸으로 부모를 모셔라. 자신이 속한 조직과 공동체를 위해 헌신하고, 친구 동료들과 사귈 때 빈 말을 하지 말라. 그런 사람이 있다면, 나는 그가 글을 배우지 못했을지라도 진정으로 배운 사람이라고 하리라. 아무리 글을 많이 배웠을지라도 사람 구실을 제대로 하지 못하는 자보다는 수백 배 나은 사람이다.

賢賢易色, 事父母, 能竭其力. 事君, 能致其身, 與朋友交, 言而有信. 雖曰未學, 吾必謂之學矣.

_「學而」7

이 세상에서 나는 무엇인지 고민하라

세상 사람들이 나를 알아주지 않는다고 걱정하지 말라! 오히려 내가 사람들을 제대로 파악하지 못하는 것을 더 걱정하라!

不患人之不己知. 患不知人也.

_「學而」16

과거를 통해 미래를 열어라

현명한 사람은 현실을 발판으로 과거를 살펴보는 동시에 미래를 예측하는 능력을 갖추어야 한다. 그래야 다른 사람의 모범이 될 수 있다.

溫故而知新, 可以爲師矣.

_「爲政」11

말보다 실천을 앞세우라

어떤 일을 하건, 말하기 전에 먼저 실천하라. 실천하여 그 일을 성취한 후에 말하라.

先行其言, 而後從之.

_「爲政」13

배웠으면 생각하고 생각이 깊어지면 또 배우라

사람이 머리로 얄팍하게 알기만 하고 가슴 깊이 생각하여 따지지 않으면, 제대로 얻는 것이 없다. 단순하게 생각하여 따지기만 하고 온몸으로 배우지 않으면, 세상에서 무엇을 해야 할지 갈피를 잡지 못하고 위태로운 삶을 살 수 있다. 온몸으로 배우고 생각하고, 온몸으로 생각하고 배워라!

學而不思則罔, 思而不學則殆.

_「爲政」15

내가 모른다는 사실을 진정으로 깨달으라

아는 것은 안다고 하고, 모르는 것은 모른다고 하라! 그것이
진정으로 아는 것이다. 자신이 모르는 것이 무엇인지 알라.
그리고 자신에게 요구되는 것을 탐구하여 보충하라!

知之爲知之, 不知爲不知, 是知也.

_「爲政」17

많이 듣고 보되 의심나는 일은 제쳐두고 신중하게 처신하라

사람들이 하는 말과 하는 일에 관심을 가져라. 먼저, 사람들
이 무슨 말을 하는지 많이 들어라. 그 가운데 의심나는 것이
있으면 잠시 제쳐 놓아라. 그리고 나머지 크게 의심의 여지
가 없는 말 가운데서 신중하게 가려서 실천하라! 그러면 일
상생활에서 잘못하는 일이 적으리라. 다음으로, 사람들이
어떤 일을 하는지 많이 보아라. 그 가운데 확실하지 않은
것 같다고 생각되는 부분은 잠시 제쳐 놓아라. 그리고 나머
지 확실하다고 생각되는 일 가운데서 신중하게 가려서 실천
하라! 그러면 삶에서 후회가 적으리라. 사람이 하는 말에 잘
못이 적고 행동에 후회가 적으면, 어떤 일을 하더라도 생활
을 잘할 수 있으리라.

多聞闕疑, 愼言其餘則寡尤. 多見闕殆, 愼行其餘則寡悔. 言寡尤,行寡悔, 祿在其中.

_「爲政」18

'난 안 돼!'라며 자기 능력에 스스로 한계를 긋지 말라

공자의 제자 염구가 선생님의 가르침을 받다가 이렇게 말했다.

"선생님이 가시려고 하는 길을 제가 싫어하는 것이 아닙니다. 제가 힘이 모자라 실천하지 못할 것 같습니다."

그러자 공자가 그 말을 듣고 다음과 같이 충고했다.

"힘이 모자라는 사람은 일을 하다가 중도에 그만두기 마련이야! 자네는 지금 미리 할 수 없다고 스스로 한계를 그어 놓고 실천을 하지 않고 있어. 그게 문제야!"

冉求曰, 非不說子之道, 力不足也. 子曰, 力不足者, 中道而廢. 今女劃.

_「雍也」10

아는 것을 넘어 좋아하고 좋아하는 것을 넘어 즐기라

사람의 길이 무엇인지 아는 사람은 그것을 좋아하는 사람만 못하고, 사람의 길이 무엇인지 좋아하는 사람은 그것을 즐기는 사람만 못하다.

知之者, 不如好之者. 好之者, 不如樂之者.

_「雍也」18

내 인생의 사명감을 확인하라

내 인생에서 올바른 길을 묵묵히 마음에 새기고, 배우면서
싫증내지 않으며, 사람 가르치기를 게을리 하지 않는다.

黙而識之, 學而不厭, 誨人不倦.

_「述而」2

'도-덕-인-예'의 삶을 조화롭게 하라

일상생활에서 실천해야 할 사람의 길이 무엇인지 고민하는
데 뜻을 두고, 그것을 터득하여 바른 생활을 하는 곧은 마
음을 간직하여, 마음을 열고 사람답도록 애쓰며, 삶의 멋을
즐겨야 한다.

志於道, 據於德, 依於仁, 游於藝.

_「述而」6

배우려고 달려들고 애쓰며 노력하라

배워서 알려고 달려들지 않으면 계발해주지 않고, 말로 표현
하려고 애쓰지 않으면 일러주지 않으며, 한 귀퉁이를 예로

들어 주었는데 세 귀퉁이에 대해 알려고 노력하며 반응하지 않으면 다시 되풀이하여 가르쳐 주지 않는다.

不憤不啓, 不悱不發, 擧一隅, 不以三隅反, 則不復也.

_「述而」8

부지런히 탐구하는 자세를 지녀라

나는 태어나면서부터 세상의 모든 것을 아는 사람이 아니다. 옛 전통을 좋아하고 그것을 부지런히 탐구하는 사람이다.

我非生而知之者. 好古敏以求之者也.

_「述而」19

주변 사람을 보고 시비선악을 판단하라

세 사람이 길을 가면 반드시 그 가운데 나의 스승이 있다. 좋은 점은 가려서 모범으로 삼아 따르고, 좋지 않은 점은 가려서 나의 허물을 고치는 거울로 삼을 필요가 있다. 선한 사람도 나의 스승이요 악한 사람도 나의 스승이 될 수 있다.

三人行, 必有我師焉. 擇其善者而從之, 其不善者而改之.

_「述而」21

많이 듣고 보고, 보다 나은 것을 가리고 새겨두라

세상 이치를 제대로 알지도 못하면서 함부로 말하고 행동하는 사람이 있다. 많이 듣고 나은 것을 가려서 따르고, 많이 보고 마음에 새기라. 그러면 아는 것에 가까워진다.

蓋有不知而作之者. 多聞擇其善者而從之, 多見而識之. 知之次也

_「述而」27

삶의 태도를 재점검 하라

유능하면서도 유능하지 않은 사람에게 묻고, 학식이 높으면서도 학식이 낮은 사람에게 물으며, 도덕적이면서도 그렇지 않은 척하고, 덕망이 꽉 차 있으면서도 텅 빈 듯이 하며, 다른 사람이 팔을 걸으며 덤벼들어도 그와 맞서지 않는다.

以能問於不能, 以多問於寡, 有若無, 實若虛, 犯而不校.

_「泰伯」5

배움의 자세를 확인 하라

사람이 무언가에 대해 배울 때는 그것을 따라잡지 못할까 두려워해야 한다. 이미 배웠다면 배운 것을 잃을까 두려워해야 한다.

學如不及. 猶恐失之.

_「泰伯」17

배움의 정도와 수준을 인식하라

어떤 식물은 싹은 돋아났으나 꽃을 피우지 못하는 것도 있고, 꽃은 피었으나 열매를 맺지 못하는 것도 있다.

苗而不秀者, 有矣夫, 秀而不實者, 有矣夫.

_「子罕」21

40대 이후에는 자기 얼굴을 책임지라

인생을 살아가면서, 나중에 태어난 사람, 현재의 젊은이들이나 미래세대를 두려워해야 한다. 내일을 살아갈 그들이 오늘의 우리보다 못하다고 함부로 말해서는 곤란하다. 미래세대는 기성세대보다 잘할 수도 있다! 하지만 이들이 40, 50세가 되어서도 학문과 덕행으로 세상에 이름을 내지 못한다면, 이 또한 두려워할 존재가 되지 못한다.

後生可畏, 焉知來者之不如今也. 四十五十而無聞焉, 斯亦不足畏也已.

_「子罕」22

삶의 법도를 정확하게 실천하라

사람이 함께 배울 수는 있어도 똑같이 길을 갈 수는 없다. 함께 길을 갈 수는 있어도 똑같이 설 수는 없다. 함께 설 수는 있어도 똑같이 법도에 맞게 실천할 수는 없다.

可與共學, 未可與適道. 可與適道, 未可與立. 可與立, 未可與權.

_「子罕」 29

삶에 대해 진지하게 고민하라

'어떻게 할까? 어떻게 할까?'라고 애태워하며 걱정하지 않는 사람은, 나도 어떻게 할 방법이 없다.

不曰 如之何, 如之何者, 吾末如之何也已矣.

_「衛靈公」 15

의리를 소중하게 여기라

여러 사람이 하루 종일 모여 있으면서도, 그 노닥거리는 말이 의리에 부합하지 않고, 요령이나 잔꾀 부리기를 좋아한다면, 참다운 사람의 길로 이끌기 어렵다.

群居終日, 言不及義, 好行小慧, 難矣哉.

_「衛靈公」 16

생각에 빠지기보다 열심히 배우라

나는 예전에 종일토록 먹지도 않고 밤새도록 자지도 않고 생각해 본 적이 있었다. 그러나 유익함이 없었다. 그것은 배우는 것만 못한 짓이었다.

吾嘗終日不食, 終夜不寢以思. 無益, 不如學也.

_「衛靈公」30

삶과 배움의 길을 재확인하라

지성인은 인간의 길을 제대로 가기 위해 삶을 도모하지, 단순하게 먹고 사는 문제만을 도모하지는 않는다. 농사를 지어도 굶주릴 수 있다. 하지만 열심히 배워두면 그 배움을 밑천으로 생존을 위한 재물은 얻을 수 있다. 지성인은 사람이 어떤 길을 가야할까 걱정하지, 못 먹고 살까봐 걱정하지는 않는다.

君子, 謀道, 不謀食. 耕也, 餒在其中矣. 學也, 祿在其中矣. 君子, 憂道, 不憂貧.

_「衛靈公」31

익힘의 중요성을 깨달으라

인간의 본성은 서로 가깝지만 익힘에 따라 서로 멀어진다.

性相近也, 習相遠也.

_「陽貨」2

40대의 자화상을 보라

나이 40세가 되었는데도 사람들에게 미움을 받으면, 더 이상
볼 것이 없다.

年四十而見惡焉, 其終也已.

_「陽貨」26

늘 알아가려고 노력하며 능숙함을 보존하라

날마다 모르고 있던 것을 알고 달마다 능숙하던 것을 잊어버
리지 않으면, 배우기를 좋아한다고 말할 수 있다.

日知其所亡, 月無忘其所能, 可謂好學也已矣.

_「子張」5

사람다움을 위한 공부법을 확인하라

널리 배우면서 굳은 의지를 지니고, 간절히 물으면서 생활에
절실한 것부터 생각하면, 사람다운 모습이 그 가운데 있다.

博學而篤志, 切問而近思, 仁在其中矣.

_「子張」6

장인이나 기능공은 자신의 작업 현장에서 직접 맡은 일을 완성한다. 지도급 인사는 사람들이 무엇을 필요로 하는지, 그것에 대한 배움을 통해 공동체의 번영을 실천한다.

百工居肆, 以成其事. 君子, 學以致其道.

_「子張」7

자신이 맡은 일을 열심히 한 다음에 남은 시간이 있으면 업무 수행에 더 필요한 것을 배워야 한다. 열심히 배워 제대로 알게 되어 여유가 생기면 진정으로 자신이 해야 할 일을 찾으라.

仕而優則學. 學而優則仕.

_「子張」13

乎子曰不知也又問子曰由也

聞一以知其仁也

子曰求也千室之邑百乘之家一可使

為之宰也不知其仁也赤也何如子曰赤

나를 단련하는 자아실현

1. 평생 공부, 인격 성숙의 길

인생은 끊임없는 자기 단련의 과정이다. 그만큼 단련鍛鍊이라는 말은 의미심장하다. 단련은 사전적 의미로 "쇠붙이를 불에 달구어 두드려서 단단하게 만드는 작업"이다. 나는 인생을 그렇게 인식한다. 쇠붙이를 불에 달구어 단단한 연장을 만들 듯이, 인생 또한 그러한 과정을 거치게 마련이다.

여기에서 쇠붙이는 사람 자체에 비유할 수 있다. 불은 험난한 사회다. 그 험난한 불구덩이 속에서 인간은 달구어지고 두들겨진다. 그리고 적절하게 두들겨진 만큼 단단해지면서 유용한 도구로 재탄생한다. 공자의 인생 역정도 그런 과정에 다름 아니리라.

『논어』「위정」에 보면, 이제 갓 어린이에서 어른으로 들어선 15세의 청년 공자로부터 70대의 인생 말년의 공자에 이르기까지 그 담금질의 여정이 그려져 있다. 공자가 실천한 평생 공부는 인격 성숙의 길이자 자아실현의 대하드라마다.

공자는 고백한다. "나는 15세 무렵에 어른으로서 익혀야 하는 삶의 철학을 배우는 데 뜻을 두었다. 그리고 삶의 지혜와 기술이 담겨 있는 『시경』, 『서경』, 『역경』, 『예기』, 『춘추』 등 다섯 경전을 3년에 하나씩 15년에 걸쳐 익혔다. 그리하여 30세 무렵에 삶의 목표가 섰고, 40세 무렵에는 자연의 질서와 인간의 법칙을 깨달아 어떤 유혹이나 난관에도 쉽게 마음이 흔들리지 않았으며, 50세 무렵에는 세상이 어떻게 이루어지는지 그 근원인 자연의 이법과 인생의 사명감을 깨달았다. 60세 쯤 환갑 무렵에는 세상사에 관해 귀로 듣는 것은 무엇이나 훤하게 알아차리며 수긍하게 되었고, 70세 무렵에는 하고 싶은 대로 행동해도 법도에 어긋나는 일이 없었다."

이것이 그 유명한 "오십유오이지우학吾十有五而志于學, 삼십이립三十而立, 사십이불혹四十而不惑, 오십이지천명五十而知天命, 육십이이순六十而耳順, 칠십이종심소욕불유구七十而從心所慾不踰矩"이다. 그것은 흔히 지학志學-이립而立-불혹不惑-지천명知天命-이순耳順-종심從心으로 줄여서 표현되기도 한다. 지학의 경우 입지立志라고도 하며, 학문의 시작 과정이다.

이는 현대적 시선으로 볼 때, 청소년에서 청장년, 노년에 이르기까지 인생의 과정에서 무엇이 핵심인지 단계적으로 보여준다. 꼭 그 나이에 맞는 것은 아니지만, 일반적으로 이런 나이

전후로 인생의 질적 변화를 가늠하게 한다. 정확한 비유는 아닐지라도, 오늘날 대학을 졸업할 나이는 대개 25~30세 정도인데, 공자는 30세 전후에 스스로 삶의 구체적 목표를 세우며 '립立'하였다고 한다. 이를 포괄적으로 이해한다면, 대학을 졸업한 후 취직을 하고, 결혼을 하고, 스스로의 삶의 영위하려는 자세와 유사하다. 이때 립立은 인생의 전반적인 상황을 스스로 선택, 판단, 결정하는 삶의 독립과도 상통한다.

이제 우리는 나를 단련하는 자아실현의 모습과 의미를 구체적으로 이해하기 위해, 15세에서 70대에 이르는 긴 여정을 분석·검토하리라.

첫 번째 담금질은 15세 무렵의 청년이 되면서 배움에 뜻을 두는 시기다. 사실, 공자가 15세에 배움에 뜻을 둔 것이 그다지 빠른 시기는 아니라고 한다. 당시 사士계급의 자제는 빠르면 13세에 학당으로 갔다. 그런데 공자는 남들보다 2년이나 늦은 15세에 학문을 시작했다. 재미있게 말하면, 재수·삼수를 했다. 이는 그만큼 공자의 생활이 어려웠기 때문인 것으로 생각된다.

15세는 청소년에서 청년으로 넘어가는, 이제 겨우 자아에 눈 뜨는 시기다. 서구적 의미의 청소년처럼, 발달 단계상 제2의 탄생이자 정신적 이유기離乳期다. 이때는 자신이 누구인지, 무엇을 해야 하는지 고민하면서 자아를 확인하며, 삶의 방향을 잡기가 혼란스러운 시기다. 이제 겨우 자아를 실현하기 위한 준비에 들어간다. 그 준비 단계의 첫 단추로 배움에 뜻을 둔다는 말이다. 이 배움이 앞에서 다루었던 육경을 익히는 작업이다. 그것은 어른의 배움이므로 대학에 해당한다. 대학 단계에서는 경전[經]과 술수[術]를 익히는 공부를 말한다.

다시 강조하면, '십오이지우학十五而志于學', 15세에 배움에 뜻을 두는 이유는 간단하다. 15세는 청년으로 진입하는 나이에 해당한다. 어린이에서 어른으로 들어가는 전환의 시기다. 이때부터 인간의 인식과 사고가 견고해지는 동시에 명철하게 된다.

두 번째 담금질은 30세 무렵에 자립을 하면서 진행된다. 30세 때 자립한다는 말은 배움의 확장과 연관된다. '삼십이립三十而立'에서 '립立'자 앞에 '이而'자를 둔 것은 '배움을 통해 자립하되 한 터럭의 의심도 없다'는 의미를 강조한다. 인간은 경전을 배우고 그것을 응용하여 자기가 목표로 했던 나름의 사업을 이루어야 자립할 수 있다. 옛날 사람들은 3년에 하나의 경전을 마스터하는 것이 배움의 기준이었다. 최소한 3년은 마음의 밭을 갈고 부지런히 우물물을 기르듯 끊임없이 길러야 겨우 하나의 경전을 마음에 품고 심을 수준에 이른다. 그것은 삶의 여러 양식 가운데 하나의 기예를 터득할 수 있다는 말이다. 경문을 읽어도 이제 겨우 그 대체에 익숙해졌을 뿐이다.

공자는 15세에 경전을 배우기 시작하여 3년에 경전 하나씩 30세까지 장장 15년 동안 다섯 가지의 경전을 익혔다. 이때 다섯 가지 경전은 『시경』『서경』『역경』『예기』『춘추』의 오경이다. 이것이 바로 유학에서 강조하는 점진적 수양이다. 그것은 일상에서 글〔文〕을 조금씩 점차로 익히고 축적하여 덕德이 높아지게 하는 방법이다.

오경을 익혔다는 것은 사람이 살아가는 도리를 지킬 수 있는 기반을 마련했다는 의미다. 앞에서 설명한 것처럼, 오경은 우주 자연의 이치와 인간 사회의 법칙을 담고 있다. 이를 어느 정도 마스터했다는 것은 삶의 기예를 상당한 수준에서 정돈한 것으로, 피나는 배움과 익힘의 과정을 통해 올바른 삶의 세계를 장악하고 확고하게 선 것이다. 그것은 인간으로서 '예禮에 설 수 있다'는 뜻이다.

당시 '예에 설 수 있다'는 것은, 가정을 운영할 수 있는 능력, 즉 혼인을 할 수 있는 기본 요건을 확보했다는 의미다. 달리 말하면, 사회적 책무성의 확인이다. 이는 삶의 예술을 구가할 수 있는 자신감이자 어른으로서 사회에 대한 의무감과도 통한다. 본격적으로 자아확인에 마침표를 찍고, 이제는 자아실현을 위한 삶의 기초가 마련되었음을 선언한 언표이기도 하다.

세 번째 담금질은 40세 무렵에 이루어진다. 40세 전후를 불혹不惑이라고 한 것은 그만큼 사회의 다양한 사태에 대해 쉽게 '의혹되지 않는다'는 말이다. 30세에 자기 삶의 기본 목표를 이룬 후, 10년 동안이나 익히고 또 배우고 익힌 것을 고려한다면, 이제 삶의 소용돌이에서 정신이 헷갈릴 일은 많지 않다. 학문은 더욱 진전되고 인생의 도리도 그만큼 터득된다. 그 수준에 맞게 덕성을 높이고, 자신의 본성을 정확하게 인식하는 경지에 이르러, 마음에 흔들림이 줄어들게 된 것이다.

이렇게 오경의 심화학습을 통해 경전으로 무장한 40대는 자신의 영역에서 나름대로 힘을 구축하여 정치나 경영 일선에 나서거나 지도급 인사로서 사회에 진출한다. 30세 이후 10년을 자신의 사업에 매진하여 터득한 노하우, 경전의 이해 수준은 점점 높아지고 실천으로 닦은 내공은 상당하다. 그 결과 덕성이 왕성하게 몸에 배어, 하나의 국가나 공동체의 조직을 이끌어가기에 충분한 리더십을 갖추게 된다. 현대적 의미로 이해하면, 정치지도자나 고위급 관료, 최고경영자로 나아가 지도자로서 자신의 본분을 다할 수 있다는 말이다. 시대의 선도자이자 공동체 조직을 운영하는 경영자로서 정신이 헷갈리지 않아야 하는 세대다.

30대는 이립而立을 통해 경전에 담긴 내용들을 염두에 두는 '수경守經'의 시기다. 수경이란 경전을 통해 배우고 익혀서 터득한 내용을 잊지 않고 지키는 것을 말한다. 이에 비해 40대는 경전의 내용을 저울질하여 삶에서 응용하는 '달권達權'의 시기다. 달권은 경전의 내용을 꿰뚫어보며 세상의 다양한 사건을 저울질하여 처리할 수 있는 능력을 갖춘 것이다. 세상은 격동적이다. 그런 가운데 혼돈을 경험하는 인간은 상황에 따라 언제든지 자신의 처신이 바뀔 수도 있다. 바뀌는 상황인 '변變'의 사태에 직면했을 때, 정신을 헷갈리게 하는 의심인 '혹惑'이 뒤따르게 마련이다.

30대에 립立을 했다고 하나, 아직 흔들리지 않는 마음, 한결같이 굳은 마음에 이르기까지는 힘든 시간이 지속된다. 40세 무렵이 되어야 헷갈리지 않고 세상의 일을 저울질 할 수 있는 엄격한 판단능력을 지닐 수 있다. 인간은 확고한 삶의 예법이 정립되어야 설 수 있고, 미혹되지 않아야 세상일을 제대로 저울질할 수 있다. 그것은 30대에서 40대에 마주하는 세파世波, 그 불구덩이에서 달구어져 두들겨지는 삶의 단련에서 획득된다.

네 번째 담금질은 50세 무렵에 천명을 아는 데서 질적으로 승화한다. 50대는 자아실현의 하이라이트다. '천명을 안다'는 말은 천명의 시작과 종료를 적확하게 인식한다는 의미다. 천명이란 무엇일까? 그것은 인간의 분수가 무엇인지 온전하게 꿰

뚫어 보는 날카로운 시선이다. 나는 무엇이며 어디로 가야 하는가? 이 세상에서 무엇을 해야 하는가?

지천명 知天命은 인간으로서 세상에 살면서 지녀야만 하는, 소명의식이나 사명감의 발현이다. 그만큼 인간의 성숙도가 더해지는 시기다. 나이 50 이전에는 이것저것을 도모하는 데 한계가 없을 정도로 혈기왕성하다. 그러면서도 불혹의 끝에 오기 전까지 망설임과 주저함, 실수와 오류는 여기저기서 엿보인다. 그러다가 50대에 이르면 서서히 그런 행동이 줄어든다. 스스로를 살피고 자신의 분수에 비추어 보아, 할 수 있는 일과 할 수 없는 일을 정확하게 인식한다. 그것은 자신의 분수확인이자 본분의 확립이다.

40대에 불혹하고 50대에 지천명 한다면, 이는 경전의 지침에 의거하여 세상의 조리 條理를 증명한 것이다. 불혹은 인간 세상을 이해한 상황이고, 지천명은 자연과 우주의 법칙을 터득한 모습이다. 그러기에 불혹은 세상의 이치를 모두 캐물어 자신의 본성을 활짝 편 상황이고, 지천명은 자신의 목숨이 무엇인지 파악하여 삶의 궁극적 지점을 인식한 모습이다. 지천명에 이른 사람은 자연스럽게 자신에게 부과한 명령을 알기 때문에 헛된 삶을 살지 않는다. 그는 자신이 해야 할 일을 알아차리고 스스로 임무를 맡는다. 왜냐하면 사명은 인간이 스스로 세우지만, 그 근거는 자연의 법칙에서 응용하기에, 세상의 어느 누구도 감히 사양할 수 없기 때문이다.

천명을 알아서 덕성을 창출하는 작업은 우리 인간에게 달려 있다. 그것은 유학의 핵심인 인의예지仁義禮智의 길과 직결된다. 인의예지의 양식을 알아서 받들고 실천하는 것은 현실에서 실천가능한 지천명이다. 그러나 우리 인간이 인의예지의 양식을 얻어서 그 유래를 받들어 실천하는 작업은 이상에서 추구해야 할 지천명이다. 어떤 양식이건 지천명은 유학의 자아실현 과정에서, 그 핵심이 인의예지의 길임을 알게 하고 그것을 터득하여 실천하도록 유도한다.

다섯 번째 담금질은 60세 무렵에 이루어진다. 귀로 들으면 무슨 말이든 그대로 알아듣는 소통의 단계이기에 60대를 이순耳順이라 한다. 이순은 자아실현이라기보다는 자아실현이 완성된 이후, 그것을 증명이라도 하듯, 안정된 삶의 자세를 일러주는 단계다. 그래서 이순은 말을 듣고 숨어 있는 맛을 알아내는 작업, 또는 말을 듣기 전인 데도 마음으로 알아챌 수 있는 상황이다. 어떤 소리를 들어도 마음으로 금방 알아차려 거스르는 것이 없는 도통의 경지다. 어떤 차원에서는 듣기를 그만두는, 외부로부터 인위적으로 들어오는 사안에 대해 삶의 상황으로 받아들이기를 거부하는 자아실현의 결과다. 그러기에 또랑또

랑하게 저절로 그윽하게 깨닫고, 다시 부림을 받지 않은 후에
야 깨닫게 된다. 판별하지도 않고 알지 못하면서도 최고의 법
칙을 실천하게 되는 상황이다.

이제 마지막 담금질을 하는 시기다. 인생의 종점 무렵인 70
대 이르러 종심소욕불유구從心所欲不踰矩의 단계에 이르렀다.
이는 마음 내키는 대로 행동해도 모든 것이 법도인 모습이다.
편안히 행동하면서도 저절로 인생의 길에 맞는 자아실현의 최
종 증명이다.

이처럼 공자의 자기 단련의 과정, 그 인격의 성숙과 자아실
현의 과정은 자신이 일생동안 걸어간 삶의 연보다. 공자는 스
스로 배움과 익힘에 나아가는 차례를 매겼다. 그것은 그의 일
생이 학문을 사랑하는 애지자愛智者로서 배우고 익힘에 있음
을 반증한다.

공자의 평생 공부와 자아실현 과정을 다시 정돈하면 다음과
같다. 15세에 학문에 뜻을 두고 30대에 자립하며, 40대에 어떤
일에도 미혹되지 않는 것은 수양의 경지에 해당한다. 50대의
천명을 안 것은 깨달음에 도달한 인생의 달관 시기다. 60대에
귀로 들으면 무슨 말이든 그대로 알아들었고, 70대에 접어들어
마음 내키는 대로 행동을 해도 법도를 넘지 않았다는 것은 그
러한 배움과 익힘의 효과를 증명한 것이다. 그러므로 자아실현

의 과정은 첫 번째는 수양이고, 두 번째는 깨달음이며, 세 번째는 그것을 증명하는 일이다. 이는 자아확립에서 자아구현, 그리고 자아완성으로 이해할 수 있다. 정리하면, 〈표 2〉와 같다.

〈표 2〉 공자의 평생 공부와 인격 성숙의 과정

과정	제1과정			제2과정	제3과정	
연령	15	30	40	50	60	70
삶의 특징	志	立	不惑	知天命	耳順	從心
삶의 경지	修境 (修養, 工夫)			悟境 (覺醒, 覺悟)	證境 (證明, 徵驗)	
자아실현 정　도	자아확립			자아구현	자아완성	

2. 수양을 위한 메시지

'충실 – 신뢰 – 전수'의 세 가지를 매일 성찰하라

나는 하루에 세 번씩 세 가지 일에 대해 자신을 돌아본다. 첫째, 남을 위하는 일에 충실하였는가? 둘째, 벗들과 사귀면서 신뢰를 주었는가? 셋째, 스승으로부터 전해 받은 것을 제대로 익혔는가?

吾日三省吾身. 爲人謀而不忠乎. 與朋友交而不信乎. 傳不習乎.

_「學而」4

배우기를 진정으로 좋아하라

지성인은 자기의 배부름만을 추구하지 않는다. 자기만이 편안하게 살려고도 하지 않는다. 자신이 맡은 일은 재빠르게 처리하고 일과 관련한 말을 조심한다. 올바르게 일을 처리하는 사람을 수시로 찾아가 자신의 잘못을 고치려고 한다. 이런 사람이야말로 진정 배우기를 좋아한다.

君子, 食無求飽, 居無求安. 敏於事而愼於言. 就有道而正焉. 可謂好學也已.

_「學而」14

개방된 존재를 지향하라

지성인은 그릇처럼 제한되는 존재가 아니라 열리고 깬 사람이다.

君子, 不器.

_「爲政」12

경쟁을 하더라도 절도를 지켜라

지성인은 다른 사람과 무모하게 경쟁하지 않는다. 불가피하게 경쟁해야 한다면 활쏘기와 같이 경쟁이 필요한 게임을 할 때일 뿐이다. 그런 경우에도 서로 예의를 갖추고 활 쏘는 자리에 오르고 활쏘기에서 지면 자리에서 내려와 벌주로 술을 마신다. 그런 절도 있는 경쟁이야말로 지성인의 모습이다.

君子, 無所爭. 必也射乎, 揖讓而升, 下而飮. 其爭也君子.

_「八佾」7

공직자는 서민들과 함께 해야 한다

공직자의 임무는 서민에게 봉사하는 것이다. 그런데 서민들
이 즐겨 입는 옷 입기를 부끄러워하고 서민들이 즐겨 먹는
음식 먹기를 창피하게 여긴다면, 그와 더불어 서민생활이나
정책에 대해 논의할 가치가 없다.

士志於道, 而恥惡衣惡食者, 未足與議也.

_「里仁」9

올바른 기준만을 적용하라

지성인은 세상의 수많은 일을 처리할 때, 한 가지 방법만을
고집하지 않는다. 어떤 방법은 절대 안 된다고 부정하지도
않는다. 그것이 올바른지 아닌지 판단하여, '옳음'이라는 기
준에 따라 처리할 뿐이다.

君子之於天下也, 無適也, 無莫也, 義之與比.

_「里仁」10

능력과 실력을 미리 갖추어라

사회적 지위가 없음을 걱정하지 말고, 그런 자리에 나설 수
있는 능력을 어떻게 갖출지를 걱정하라. 자기를 알아주는 사
람이 없음을 걱정하지 말고, 다른 사람이 나를 알아보도록

자신의 실력을 갖추어라.

不患無位, 患所以立. 不患莫己知, 求爲可知也. _「里仁」14

의리를 밝혀라

지성인은 올바르고 정당함을 밝히고 좋아하며, 조무래기들은 세속적 이익을 밝히고 좋아한다.

君子, 喩於義. 小人, 喩於利.

_「里仁」16

현명하게 되기를 생각하며 성찰하라

현명한 사람을 보면 그와 같이 현명하게 되기를 생각하고, 멍청한 사람을 보면 '나는 어떤가?' 하고 스스로 깊이 돌아보아야 한다.

見賢思齊焉, 見不賢而內自省也.

_「里仁」17

내 뱉은 말은 실천하라

옛날 사람이 말을 함부로 내뱉지 않은 것은, 몸소 그 말을 실천하지 못할까 부끄러워했기 때문이다.

古者, 言之不出, 恥躬之不逮也. _「里仁」22

마음을 붙들어 매라

거만하거나 방종하지 않고 마음을 붙들어 매는 사람. 이런
사람은 거의 실수를 하지 않는다.

以約失之者, 鮮矣.

_「里仁」23

말은 신중하고 행동은 민첩하게 하라

지성인은 말을 신중하게 하며 그 행동은 민첩하게 한다.

君子, 欲訥於言而敏於行.

_「里仁」24

함께 할 이웃이 있게 하라

사람을 사랑하고 협동하는 성품을 지닌 이는 외롭지 않다.
반드시 그것을 함께 나눌 이웃이 있기 때문이다.

德不孤, 必有隣.

_「里仁」25

적절하게 생각하고 행동하라

노나라의 대부 계문자는 세 번이나 곱씹어 생각한 다음에 행
동으로 옮겼다. 공자가 그런 사실을 듣고 다음과 같이 말했다.

"두 번이면 괜찮다."

너무 깊이 생각하면 오히려 실천에 걸림돌이 될 수 있다.

季文子, 三思而後行. 子聞之, 曰, 再斯可矣.

_「公冶長」19

상황에 맞게 사람을 대우하라

늙은 사람을 편안하게 해주고, 친구에게 믿음을 주며, 젊은
이는 품어주어야 한다.

老者安之, 朋友信之, 少者懷之.

_「公冶長」25

타고난 바탕과 후천적으로 가꾸어진 것을 조화롭게 하라

사람이 타고난 본바탕이 후천적으로 꾸민 것보다 강조되면
촌스럽다. 후천적으로 꾸민 것이 본바탕보다 강조되면 사람
됨됨이가 텅 빈 듯하다. 본바탕과 후천적으로 꾸민 것이 적
절하게 조화를 이루어야 지성인이라고 할 수 있다.

質勝文則野, 文勝質則史. 文質彬彬, 然後君子.

_「雍也」16

곧게 살아야 한다는 기준을 설정하라

사람이 사람답게 살아갈 수 있는 존재의 이유는 곧음이라는
기준 때문이다. 곧은 방법으로 살지 않고 구부러지고 비뚤게
속임수를 써서 살아간다면 기껏해야 요행으로 죽음을 면할
뿐이다.

人之生也, 直. 罔之生也, 幸而免.

_「雍也」17

슬기로운 사람과 마음이 열린 사람의 특성을 참고하라

슬기로운 사람은 물을 좋아하고 마음이 열린 사람은 산을 좋
아한다. 슬기로운 사람은 상황에 따라 움직이고 머뭇거리며,
마음이 열린 사람은 세상을 고요하게 품는다. 슬기로운 사람
은 경쾌하게 현실적 삶을 즐기고, 마음이 열린 사람은 묵묵
하게 수명을 누린다.

知者樂水, 仁者樂山. 知者動, 仁者靜. 知者樂, 仁者壽.

_「雍也」21

예법으로 몸을 단속하라

지성인은 광범위하게 글을 배우되 예법으로 몸을 단속한다.
그러므로 사람이 살아가는 도리에 어긋나는 일을 좀처럼 행

하지 않는다.

君子, 博學於文, 約之以禮. 亦可以弗畔矣夫.

_「雍也」25

'덕성—학문—정의—선의'에 대해 반성하라

덕성을 제대로 갖추지 못한 것, 학문을 제대로 익히지 못한 것, 옳은 일을 듣고도 행동으로 옮기지 못한 것, 착하지 않은 일을 진정으로 고치지 못한 것, 이 네 가지가 나의 걱정 근심이다.

德之不修, 學之不講, 聞義不能徙, 不善不能改, 是吾憂也.

_「述而」3

일상에서 열심히 배우며 즐기라

배우기를 좋아하여 분발하며 먹는 것도 잊고, 일상의 올바른 도리를 즐김으로써 모든 근심을 잊으며, 늙는 것조차 모르는 사람도 있다.

其爲人也, 發憤忘食, 樂以忘憂, 不知老之將至云爾.

_「述而」18

사물일지라도 인간으로서 예의를 지켜라

물고기를 잡을 때 낚시질은 해도 그물질은 하지 않아야 하고, 새를 잡을 때 주살질은 해도 잠자고 있는 것은 잡지 않아야 한다.

釣而不網, 弋不射宿.

_「述而」26

지금 바로 사람을 사랑하라

사람을 사랑하는 마음이 멀리 있는가? 내가 마음을 열어 사람을 사랑하면 사랑하는 마음이 당장 나타난다.

仁遠乎哉. 我欲仁, 斯仁至矣.

_「述而」29

예절을 정확하게 알라

공손하되 예절을 모르면 헛수고만 하게 된다. 신중하되 예절을 모르면 두려워하게 된다. 용감하되 예절을 모르면 난폭해진다. 강직하되 예절을 모르면 각박해진다. 높은 지위와 권력 있는 사람이 가까운 친인척을 잘 대접하면 다른 사람들도 이를 본받아 사람 구실을 하게 된다. 옛 친구들을 버리지 않으면 사람들도 이를 본받아 야박하게 굴지 않을 것이다.

恭而無禮則勞. 愼而無禮則葸. 勇而無禮則亂. 直而無禮則絞. 君
子, 篤於親則民興於仁. 故舊不遺則民不偸.

_「泰伯」2

삶의 임무는 무겁고 갈 길은 멀다는 사실을 인식하라

공직자는 반드시 뜻이 넓고 굳세야 한다. 왜냐하면 그가 맡
은 임무가 무겁고 갈 길이 멀기 때문이다. 마음을 열고 사람을
사랑하는 것이 자신의 임무이니 어찌 무겁지 않겠는가? 그것
은 죽은 후에야 끝날 사안이니 그 길 또한 멀지 않겠는가?

士不可以不弘毅. 任重而道遠. 仁以爲己任, 不亦重乎. 死而後已,
不亦遠乎.

_「泰伯」7

교만하고 인색하지 말라

사람이 아무리 지혜롭고 능력 있고 솜씨가 뛰어나더라도 교
만하고 인색하면, 그 사람 됨됨이를 고려할 때 다른 부분은
볼 것도 없다.

才之美, 使驕且吝, 其餘, 不足觀也已.

_「泰伯」11

솔직하고 착실하고 신의를 지녀라

함부로 날뛰면서 솔직하지 않은 사람, 무식하면서 착실하지 않은 사람, 무능하면서 신의마저 없는 사람, 이런 녀석을 어찌해야 할지 모르겠다.

狂而不直, 侗而不愿, 悾悾而不信, 吾不知之矣.

_「泰伯」16

'개인의지 - 단정 - 고집 - 이기적 행동'에 대해 경계하라

공자는 자기 뜻만을 우기거나, 꼭 그렇다고 함부로 단정하거나, 완강하게 고집을 부리거나, 자기만이 옳다고 여기며 행동하는 사람을 대단히 경계하였다.

子絶四, 毋意, 毋必, 毋固, 毋我.

_「子罕」4

때와 장소에 따라 분별 있게 행동하라

회사에 나가 업무를 볼 때는 직속상관의 지시에 따르고, 집에서는 부모와 형, 누나, 언니의 말을 들으며, 상을 당했을 때는 정성을 다해 장례를 치르고, 잔치를 할 때는 지나치게 술을 마셔 고생하지 않도록 한다.

出則事公卿, 入則事父兄, 喪事, 不敢不勉, 不爲酒困. _「子罕」15

성공과 포기는 자기 노력에 달려 있음을 명심하라

어떤 사람이 산을 만들려고 한다. 흙을 쌓고 쌓아 산을 완성하기 직전에 이르렀다. 이제 한 포대의 흙만 쏟아 부으면 산이 만들어진다. 이 지점에서 산 만들기를 그만두면 내가 그만두는 것이다. 어떤 사람이 땅을 평평하게 만들려고 한다. 이제 한 포대의 흙만 덮고 고르면 땅이 평평해진다. 이때 그 한 포대의 흙을 덮는 것도 내가 나서서 하는 일이다.

譬如爲山. 未成一簣, 止, 吾止也. 譬如平地. 雖覆一簣, 進, 吾往也.

_「子罕」18

잘못은 고치고 참뜻은 따르라

바르게 깨우쳐주는 말을 따르지 않을 수 있겠는가? 그보다 중요한 것은 그 말에 따라 잘못을 고치는 일이다. 부드럽게 타이르는 말을 듣지 않을 수 있겠는가? 그보다 중요한 것은 그 말의 참뜻을 살펴보는 일이다. 듣기만 하고 참뜻을 알지 못하거나 따르기만 하고 고치지 않는다면, 그런 사람에 대해 내가 어찌할 방법이 없다.

法語之言, 能無從乎. 改之爲貴. 巽與之言, 能無說乎. 繹之爲貴. 說而不繹, 從而不改, 吾末如之何也已矣. _「子罕」23

추운 날씨처럼 험한 사태를 겪어야 실제모습을 알리라

날씨가 추워진 뒤에야 소나무와 잣나무가 나중에 시드는 것을 알게 된다. 낙엽활엽수는 추워지면 잎이 떨어지지만 상록침엽수는 추워져도 잎이 떨어지지 않는다.

歲寒然後, 知松柏之後彫也.

_「子罕」27

'지 — 인 — 용'의 힘을 갖추어라

지혜로운 사람은 미혹되지 않고, 마음이 열린 사람은 근심하지 않으며, 용기 있는 사람은 두려워하지 않는다.

知者不惑, 仁者不憂, 勇者不懼.

_「子罕」28

평소 생활을 절도 있게 하라

사람이 음식을 먹을 때는 먹는 데 집중한다. 서로 말하거나 대답하는 데 신경 쓰며 마음을 흩트려서는 안 된다. 잠자리에 들어서는 잠자는 일에 몰입한다. 숨을 고르지 못할 정도로 말을 하여 취침을 방해해서는 안 된다. 음식을 먹을 때도 고려할 사항이 있다. 밥은 곱게 찧은 쌀로 지은 것을 싫어하지 않고, 회는 가늘게 썬 것을 싫어하지 않는다. 밥이 쉬어서

맛이 변한 것과 상한 생선이나 썩은 고기로 요리한 것은 먹지 않는다. 썩지는 않았더라도 음식의 빛깔과 냄새가 변한 것은 먹지 않는다. 삶지 않거나 익히지 않은 음식, 제철이 아닌 음식도 먹지 않는다. 바르게 썰지 않은 고기는 먹지 않고, 재료에 맞게 간을 제대로 맞추지 않아 조리를 잘 못한 음식도 먹지 않는다. 고기반찬이 많이 있어도 주식인 밥보다 많이 먹지 않고, 술을 마실 때는 정한 양은 없으나 술주정을 하며 몸가짐을 흐트러뜨리는 일 없이 알맞게 마신다. 시장에서 아무렇게나 파는 술과 육포는 사 먹지 않고, 악취를 제거하고 비타민과 같은 역할을 하는 생강은 물리지 않고 먹었으나 많이 먹지는 않는다.

食不語, 寢不言 食不厭精, 膾不厭細. 食饐而餲, 魚餒而肉敗不食. 色惡不食, 臭惡不食. 失飪不食, 不時不食. 割不正不食, 不得其醬不食. 肉雖多, 不使勝食氣, 唯酒無量, 不及亂. 沽酒市脯, 不食, 不撤薑食, 不多食.

_「鄕黨」8

자기 자리가 아닌 곳에 앉지 말라

자리가 바르지 않으면 그 자리에 앉지 않아야 한다.

席不正, 不坐. _「鄕黨」9

이기적 탐욕을 극복하고 사회적 공공성을 회복하라. 어느 날 사사로운 욕심을 극복하고 사회적 공공심을 회복하면 세상 자체가 아름다워진다. 이렇게 인간 사랑을 실천하는 일은 자신에게 달려 있다. 절대 다른 사람에게 달린 문제가 아니다.

克己復禮爲仁. 一日克己復禮, 天下歸仁焉. 爲仁由己, 而由人乎哉.

_「顏淵」 1

사람은 충실과 신뢰를 소중하게 생각하고 도의를 실천해야 한다. 그것이 그 사람의 도덕성을 높이는 일이다. 내가 사랑하고 좋아하면 그가 살기를 바라고, 내가 미워하고 싫어하면 그가 죽기를 바란다. 살기를 바랐다가 또 죽기를 바라는 것처럼 오락가락하는 상황이 의혹이다.

主忠信, 徙義, 崇德也. 愛之欲其生, 惡之欲其死. 旣欲其生, 又欲其死, 是惑也.

_「顏淵」 10

지성인은 다른 사람의 장점을 살려 키워주고, 다른 사람의 단점을 충고하며 고쳐준다. 반면에 속 좁은 조무래기들은 이와 반대되는 짓을 저지른다.

君子, 成人之美, 不成人之惡. 小人, 反是.

_「顏淵」16

마음을 바로잡고 의혹을 없애라

나에게 맡겨진 일을 먼저 하고 그 대가는 나중에 바라는 것이 도덕성을 높이는 일이 아니겠는가? 자신의 나쁜 점을 스스로 다스리고 다른 사람의 나쁜 점을 탓하지 않는 것이 나쁘게 마음먹은 것을 바로잡는 길이 아니겠는가? 순간적인 분노를 참지 못해 자기 몸을 돌보지 않고 남과 싸우고 그 화가 부모에게 미치게 하는 것이 의혹이 아니겠는가?

先事後得, 非崇德與. 攻其惡, 無攻人之惡, 非修慝與. 一朝之忿, 忘其身, 以及其親, 非惑與.

_「顏淵」21

공손하고 신중하고 충실하라

사람이 일상의 행동거지를 공손하게 하고, 일을 할 때는 신중하게 하고, 다른 사람을 만날 때는 충실해야 한다. 사람이라면 이 세 가지를 어디에 가더라도 포기해서는 안 된다.

居處恭, 執事敬, 與人忠, 雖之夷狄, 不可棄也.
_「子路」19

올바른 도리를 행하는 사람과 함께 할 수 없다면, 차라리 지
나치게 뜻이 높은 사람이나 무식하지만 고집스러운 사람과
함께 하라. 왜냐하면 뜻이 높은 사람은 진취적이고, 고집스
러운 사람은 나쁘다고 판단되면 실천하지 않기 때문이다.
不得中行而與之, 必也狂狷乎. 狂者進取, 狷者有所不爲也.
_「子路」21

지성인은 차분하면서 교만하지 않다. 속 좁고 하찮은 인간들
은 교만할 뿐 차분하지 못하다.
君子, 泰而不驕. 小人, 驕而不泰.
_「子路」26

물욕에 굴하지 않고 의지가 굳으며, 기상이나 기개가 높고
크며, 소박하며, 말을 신중하게 하고 입이 무거운 경우, 진정

<u>으로</u> 포용력이 높은 사람일 가능성이 높다.

剛毅木訥, 近仁.

_「子路」27

수치스런 일을 하지 말라

원헌이 물었다. "어떤 것을 수치스러운 일이라고 할 수 있습니까?" 공자가 말했다. "나라가 안정되었을 때는 공직자로 재직하며 봉급을 받는다. 그러나 나라가 안정되지 않고 혼란스러운데 그 틈을 타서 봉급을 받는 것은 수치스러운 일이다."

憲問, 恥. 子曰, 邦有道穀, 邦無道穀, 恥也.

_「憲問」1

봉사하는 공직자가 되라

사람들을 위해 봉사해야 하는 공직자가 제 한 몸 편안하게 살기를 바란다면, 참다운 공직자라 할 수 없다.

士而懷居, 不足以爲士矣.

_「憲問」3

상황에 따라 말과 행동을 조심하라

지도자는 나라가 안정되어 잘 다스려질 때는 도리에 따라 말

하고 행동한다. 그러나 나라가 혼란스러울 때는 도리에 따라
행동하되 말은 겸손해야 한다.

邦有道, 危言危行. 邦無道, 危行言孫.

_「憲問」4

원망을 조절하고 교만하지 말라

사람이 가난하게 살면서 원망하지 않기는 어렵다. 하지만 부
유하게 살면서 교만하지 않기는 쉽다.

貧而無怨難. 富而無驕易.

_「憲問」11

'의리-목숨-신뢰'에 대해 깊이 생각하라

이득을 보게 되면 그것이 올바른 사안인지를 생각하고, 위태
로운 일을 당하게 되면 목숨을 아끼지 않아야 한다. 그리고
오래 전에 친구와 맺은 약속일지라도 평소 그 말을 잊지 않
고 신뢰감 있게 행동해야 한다.

見利思義, 見危授命. 久要, 不忘平生之言, 亦可以爲成人矣.

_「憲問」13

말에 신중하라

함부로 큰소리 치며 말하고도 부끄럽게 여기지 않는 사람의 경우, 거의 자기가 한 말을 실천하지 않는다.

其言之不怍, 則爲之也難.

_「憲問」21

목표달성을 위해 노력하라

지성인은 자기가 성취하려는 일을 이룬다. 조무래기는 자기가 바라는 일을 이루기는커녕 오히려 일을 망치고 내팽개친다.

君子, 上達. 小人, 下達.

_「憲問」24

지성인의 자격을 심사숙고 하라

자로가 지성인의 요건이 무엇인지 묻자, 공자가 말했다. "자기를 수양하여 깨달아야 한다." 그러자 자로가 다시 물었다. "그렇게만 하면 됩니까?" 이에 공자가 또 말했다. "자기를 수양하여 다른 사람을 편안하게 해 주어야 한다." 자로가 또 다시 물었다. "정말, 그렇게만 하면 됩니까?" 이에 공자가 심각하게 말했다. "자기를 수양하여 모든 사람을 편안하게 해 주어야 한다. 자기를 수양하여 모든 사람을 편안하게 해주는

일은 최고의 정치지도자라고 하는 요임금이나 순임금도 실
현하기 어려워한 것이다."

子路問, 君子. 子曰, 修己以敬. 曰, 如斯而已乎. 曰, 修己以安人.
曰, 如斯而已乎. 曰, 修己以安百姓. 修己以安百姓, 堯舜, 其猶
病諸.

_「憲問」45

자신에게 엄격하라

자신에 대해서는 엄격하게 책망하고 다른 사람에 대해서는
가볍게 책망하라. 그러면 세상을 살아가면서 원망이 적을 것
이다.

躬自厚而薄責於人, 則遠怨矣.

_「衛靈公」14

'의리–예의–겸손–믿음'을 신조로 삼으라

지성인은 올바름을 바탕으로 삼고, 예의로 그것을 실천하고,
겸손으로 그것을 드러내며, 믿음으로 그것을 이룬다.

君子, 義以爲質, 禮以行之, 孫以出之, 信以成之.

_「衛靈公」17

지성인은 죽을 때까지 자기의 이름이 세상에 칭송되지 않는 것을 유감스럽게 여긴다.

君子, 疾沒世而名不稱焉.

_「衛靈公」19

지성인은 모든 것을 자기에게서 구하고, 개인적 욕심에 빠진 조무래기들은 남에게서 구한다.

君子, 求諸己. 小人, 求諸人.

_「衛靈公」20

사람은 스스로 자신이 가야 할 길을 넓힐 뿐이지, 이미 있는 길 때문에 사람이 훌륭하게 되는 것은 아니다.

人能弘道, 非道弘人.

_「衛靈公」28

잘못을 저지르고도 고치지 않는 것, 이것이 사람의 병폐다.

過而不改, 是謂過矣.

_「衛靈公」29

나이의 특성에 따라 경계할 것을 미리 살펴라

지성인은 세 가지 경계해야 할 일이 있다. 젊은 시기에는 혈기가 안정되지 않았으므로 성적 욕구를 경계해야 한다. 어른이 되어서는 혈기가 마냥 강하므로 다른 사람과 다투는 것을 경계해야 한다. 늙어서는 혈기가 시들고 쇠약하므로 욕심을 내며 얻으려는 것을 경계해야 한다.

君子, 有三戒. 少之時, 血氣未定, 戒之在色. 及其壯也, 血氣方剛, 戒之在鬪. 及其老也, 血氣旣衰, 戒之在得.

_「季氏」7

자연의 질서와 훌륭한 사람과 진리의 말씀을 두려워하라

지성인은 세 가지 두려워해야 할 일이 있다. 자연의 질서와 세상의 이치를 두려워하고, 훌륭한 사람을 두려워하며, 진리의 말씀을 두려워해야 한다. 조무래기 소인배는 자연의 질서와 세상의 이치를 알지 못하므로, 그 어떤 것도 두려워하지 않는다. 때문에 훌륭한 사람을 함부로 대하고, 진리의 말씀을 업신여기며 빈정댄다.

君子, 有三畏. 畏天命, 畏大人, 畏聖人之言. 小人, 不知天命而不
畏也. 狎大人, 侮聖人之言.

_「季氏」8

지성인이 생각해야 할 요목을 확인하라

지성인은 아홉 가지 생각해야 할 것이 있다. 볼 때는 분명하
게 보기를 생각하고, 들을 때는 명확하게 듣기를 생각하고,
낯빛은 온화하게 하기를 생각하고, 태도는 공손하게 가지기
를 생각하고, 말은 충실히 하기를 생각하고, 일은 신중히 하
기를 생각하고, 의심스러운 것은 물어보기를 생각하고, 성이
날 때는 나중에 어려운 일이 올 것을 생각하고, 이익을 얻을
때는 그것이 올바른 상황인지를 생각한다.

君子, 有九思, 視思明, 聽思聰, 色思溫, 貌思恭, 言思忠, 事思敬,
疑思問, 忿思難, 見得思義.

_「季氏」10

뜻을 구하고 의리를 행하라

지성인은 착한 일을 보면 따라가지 못하는 것처럼 하고, 착하
지 않은 일을 보면 끓는 물을 더듬듯이 한다. 숨어 살면서 자
기의 뜻을 추구하고, 의리를 행하면서 사람의 길을 달성한다.

見善如不及, 見不善如探湯. 隱居以求其志, 行義以達其道.

_「季氏」11

무엇보다도 배우기를 좋아하라

사람이 베풀기를 좋아하면서 배우기를 좋아하지 않으면 어리석음에 빠질 수 있다. 지혜롭기를 좋아하면서 배우기를 좋아하지 않으면 허황함에 빠질 수 있다. 믿음을 좋아하면서 배우기를 좋아하지 않으면 남을 해칠 수 있다. 곧음을 좋아하면서 배우기를 좋아하지 않으면 각박해 질 수 있다. 용맹을 좋아하면서 배우기를 좋아하지 않으면 난동을 부릴 수 있다. 굳셈을 좋아하면서 배우기를 좋아하지 않으면 광기를 부릴 수 있다.

好仁不好學, 其蔽也愚. 好知不好學, 其蔽也蕩. 好信不好學, 其蔽也賊. 好直不好學, 其蔽也絞. 好勇不好學, 其蔽也亂. 好剛不好學, 其蔽也狂.

_「陽貨」8

도의를 중시하라

지성인은 도의를 최고의 덕목으로 여긴다. 지도자가 용맹스럽고 용기는 넘치는데 도의가 없으면, 반란을 일으킨다. 일반 서민이 용맹스럽고 용기가 넘치는데 도의가 없으면, 도둑질을 하게 된다.

君子, 義以爲上. 君子, 有勇而無義爲亂. 小人, 有勇而無義爲盜.

_「陽貨」23

공직자의 자세로 생활하라

공직자는 서민의 위태로움을 보면 목숨을 바치고, 공동의 이익 앞에서는 의리를 생각해야 한다. 제사는 공경한 마음으로 모시고, 상례는 애통하는 마음으로 치러야 한다. 그래야 진정한 공직자라 할 만하다.

士, 見危致命, 見得思義, 祭思敬, 喪思哀, 其可已矣.

_「子張」1

조무래기처럼 변명하지 말라

조무래기들은 잘못을 하면 반드시 얼버무리고 꾸며 대려고 한다.

小人之過也, 必文.

_「子張」8

근엄하고 포근하고 명확한 모습을 보여라

지성인은 세 가지 차원에서 다른 모습을 드러낸다. 첫째, 멀리서 바라보면 위엄이 있고 근엄하게 보인다. 둘째, 가까이 나아가 만나보면 온화하고 포근하게 느껴진다. 셋째, 그의 말을 들어보면 너무나 바르고 명확하다.

君子, 有三變. 望之儼然, 卽之也溫, 聽其言也厲.

_「子張」9

한번 뿐인 중대사에 최선을 다하라

사람이 평상시에는 성의를 다하여 일을 처리하지 못할 때도 있다. 하지만 부모의 상례를 치를 때는 반드시 정성을 다해야 한다.

人未有自致者也. 必也親喪乎.

_「子張」17

Message 3

정치와 경영의 원리

1. 정치, 그 바로잡음의 경영술

"인간은 정치적 동물이다!" 서구 고대 그리스의 철학자 아리스토텔레스의 언표다. 인간은 원초적으로 갈등을 야기하는 존재다. 물론 화합과 조화, 협동과 나눔 속에서 편안하게 살아가는 시간도 많다. 그러나 안정과 평화로움은 그만큼의 투쟁과 경쟁을 담보로 인간이 정치적으로 경영을 하며 일구어낸 결과다.

동서고금을 막론하고 인간은 크고 작은 사회를 이루어 살면서 상호이해와 조화뿐만 아니라 대립과 반목을 표출해냈다. 사람 사이의 삶이 의견 일치를 보지 못했다. 끊임없이 비뚤어지며 기울어졌다. 그것이 사회의 부정부패를 낳고, 피폐와 소외, 부조리로 드러난다. 정치는 이런 문제들을 해결하고 해소하기 위한 장치다. 인간이 삶을 영위하는 데 필요한 보편적 약속의 체계를 만들고 그것을 지속하기 위한 활동이다.

공자는 누구보다도 그것을 정확하게 짚어내었다. 『논어』「안연」에서 공자는 노나라의 무도한 대부인 계강자가 정치에 대해 묻자, 간단명료하게 말해준다.

"정치란 '바르게 한다'는 뜻(政者, 正也)입니다. 당신이 앞장서서 바르게 하면 누가 감히 바르게 하지 않을 수 있겠습니까?"

아주 상징적인 언표로 보일지 모르지만, 이 말은 유학을 감싸고 있는 정치론의 핵심으로 자리매김되어 왔다. 적어도 수천 년에 걸쳐 동양 정치의 요체로, 부정不正으로 점철된 모든 정치 행위를 뒤흔들었던 개념이다.

공자가 살았던 시대의 계강자는 임금을 무시하고 권세를 멋대로 부린 계손씨 집안의 주인이다. 계강자 자신이 이미 무도한 인간이었기에, 공자는 다른 말을 할 필요가 없었다. 부정으로 점철된 계강자 당신부터 똑바로 하라고 일침을 가했다. 이러한 충고에도 불구하고, 계강자는 개인적 이익과 탐욕에 빠져 바르게 되지 못했다.

연이어서 나오는 대화가 그것을 잘 일러준다. 당시에는 도둑과 같은 사람이 많았던 모양이다. 그러자 계강자가 도둑이 많은 것을 근심하여 공자에게 그 대책을 묻자, 공자가 대답해주었다

"우선, 당신 스스로 탐욕을 부리며 훔치지 마세요. 그러면 상을 준다고 해도, 도둑질할 사람이 없을 것입니다."

『춘추좌전』 애공 3년조에 계강자가 적자의 자리를 도둑질한 기사가 보인다. 당시 계손씨 집안의 주군은 계환자였다. 계환자는 병을 앓고 있었기에, 총애하는 신하인 정상에게 자신의 후계자를 부탁하였다. 계환자의 처인 남유자가 아들을 낳거든 자신의 뒤를 잇게 하고, 딸을 낳으면 할 수 없이 계강자에게 자리를 물려주라고 하였다. 그러나 계강자는 계환자가 죽자, 즉시 주군의 자리에 올랐다. 나중에 남유자가 아들을 낳았는데도 자리를 내주지 않고 자객을 시켜 계환자의 아들을 살해했다. 명색이 주군인 계강자가 이런 끔직한 짓을 저지르며, 최고지도자의 자리를 훔치는데, 일반 사람들이 도둑질을 안 하겠는가? 이에 공자가 '본인 스스로 똑바로 하라'고 충고한 것이다.

이처럼 공자에게 정치는 사회에서 벌어지는 어떤 사안에 대해 '바르게 하는 일[正]'일 뿐이다. 문자적으로 이해하더라도, 정치政治라고 할 때 '정政'자는 '바른 것''바로 잡은 것' 또는 '갖추어진 것'을 의미하는 '정正'자에 '채찍질하다''치다'를 의미하는 '복攵'자가 합쳐진 글자이다. 즉 바르게 되도록 채찍질하는 작업이 정치의 '정政'자인 것이다.

때문에 정치를 잘할 수 있도록 충고하고, 최고지도자를 올바르게 나아가도록 자문을 해주는 일은 어떤 시대를 막론하고 공자와 같은 지성인이 당연히 도맡아야 할 임무였다. 그러기에 공자는 바르게 나아가기 위한 자기만의 장치를 강구하였다. 그것이 다름 아닌 명분名分을 바로잡는 작업이다.

공자의 오른팔이나 다름없던 제자 자로가 물었다.

"위나라의 임금이 선생님을 모셔다가 정치를 맡기면, 선생님께서는 제일 먼저 무엇을 하시겠습니까?"

그러자 공자가 말했다.

"반드시 명분을 바로잡을 것이다."

이에 자로가 좀 의아하게 생각하며 말했다.

"그럴 필요가 있을까요? 선생님께서는 현실을 제대로 파악하지 못한 것 같습니다. 당장 할 일도 태산처럼 쌓여 있는데, 왜 먼저 명분을 바로잡으려고 하십니까?

공자가 말했다.

"자로 자네, 참으로 무식하고 무례하구만! 정치지도자는 자기가 모르는 일에 대해서는 입을 다물고 있어야 하네. 명분이 바로서지 않으면 말이 순리대로 통하지 않고, 말이 순리대로 통하지 않으면 일이 이루어지지 않는다네. 일이 이루어지지 않으면 예악이 흥성하지 않고, 예악이 흥성하지 않으면 형벌이 알맞지 않으며, 형벌이 알맞지 않으면 백성들이 어떻게 행동해야 할지 모르게 된다네. 그러므로 정치지도자는 명분을 세우고, 반드시 그것을 말로 할 수 있게 해야 한다네. 또한 말한 것은 반드시 실천할 수 있게 해야 한다네. 정치지도자는 말로 표현하거나 명분을 밝힐 때, 조금도 소홀하지 않고 엄정해야 한다네."

명분을 바로잡는 작업은 무엇보다도 '나라를 어지럽게 하는 신하와 부모를 해치는 자식', 이른바 '난신적자亂臣賊子'에 대한 응징이었다. 그것은 나라의 계통을 바로잡고 백성들을 안정시켜 평화로운 사회를 염원하는 일에 다름 아니다. 그리고 공자는 구체적인 정치의 방법을 제자에게 일러준다.

첫 번째 사례는 공자가 위나라에 갈 때 제자 염유와의 대화에서 드러난다.

공자가 위나라 관문을 들어가면서 말하였다.

"아, 사람들이 많구나!"

그러자 염유가 물었다.

"이렇게 사람들이 많은데, 나라에서는 어떤 정치를 해야 합니까?"

공자가 말하였다.

"백성들을 부유하게 만들어야 한다."

염유가 또 물었다.

"백성들이 부유하게 된 다음에는 또 어떤 정치를 해야 합니까?"

공자가 말하였다.

"백성들을 교화해야 한다."

공자와 염유의 대화에서는, 나라의 인구 증가와 경제적 부의 창출, 교육의 문제가 구체적으로 논의된다. 노동력과 경제, 교육의 문제가 정치의 핵심 방법으로 대두한 것이다. 엄밀하게 말하면, 경제와 교육은 오늘날뿐만 아니라, 오래 전부터 정치의 핵심 이슈였다.

유학에서 강조하는 노동력과 경제, 교육의 논리는 간단하다. 인구가 아무리 많아도 사람들이 부유하지 않으면 민생이 이루어지지 않는다. 그러므로 국민을 위한 정책을 바르게 하고 세금을 감면하여 국민을 잘살게 해야 한다. 경제적으로 부유하게 되었더라도 제대로 가르치지 않으면, 사람의 의식 수준이 짐승에 가까워지므로 반드시 국민을 교육하여 예의 있는 사회를 만들어야 한다. 이처럼 경제는 교육의 기초이고 교육은 사회를 지속하는 근원적 힘이다.

공자의 시선은 삶의 기초를 향하고 있다. 그것은 정치가 인간의 '잘삶'이라는 목표 지향적 행위임을 암시한다. 사람들이 존재하는 한, 경제와 교육은 한 사회를 지탱하는 두 바퀴다. 정치는 이 두 바퀴를 최적으로 조율하며 이끌어가야 한다. 수레에 비유해 보자. 사람들이 수레에 타고 있다. 수레는 경제와 교육이라는 두 바퀴에 의존한다. 그 수레는 정치라는 말이 끌고

가야 한다. 그러므로 정치는 경제와 교육이 유기체로 이어지는 인간 경영을 솔선하여 바르게 인도해 가는 작업이다.

두 번째 사례는 자공과의 대화에서 돋보인다. 염유와의 대화에서 경제와 교육을 논의했다면, 여기에서는 국방과 국민 신뢰의 문제가 추가된다.

"백성들이 먹고 살 수 있도록 식량을 풍족하게 만들고, 국방을 튼튼하게 하며, 백성이 나라를 믿고 따를 수 있도록 하는 것이다."

그러자 현실적 감각이 풍부했던 자공이 보다 자세하게 따져 물었다.

"부득이하게, 식량으로 대변되는 민생, 국방, 국민의 신뢰, 이 세 가지 가운데 하나를 포기해야 할 상황이 발생한다면, 어느 것을 먼저 버려야 합니까?"

공자가 말했다.

"국방을 튼튼하게 하는 군비를 감축해야 한다."

자공이 다시 캐물었다.

"부득이 하게, 나머지 둘 가운데 하나를 포기해야 할 상황이 발생한다면, 어느 것을 버려야 합니까?"

공자가 말했다.

"식량을 충족하는 정책을 재고해야 한다. 옛날부터 사람은 모두 죽기 마련이다. 하지만, 사람들에게 믿음을 주지 못하면, 그 나라는 지탱할 수 없다."

자공의 물음에 대한 공자의 최후 대답은 정치의 지향이 어디에 있는지 확연하게 보여준다. 정치를 할 때 민생과 국방, 국민의 신뢰 중에서 신뢰가 가장 중요하다. 경제가 활력을 찾고 국민들이 서로 믿고 존중하면 군대가 없어도 나라를 굳게 지킬 수 있다. 사람은 양식이 없으면 궁극적으로는 죽게 된다. 양식이 풍족하건 그렇지 않건, 모든 사람은 생물학적으로 죽음을 피할 수 없다. 하지만 신뢰가 없다면 산다고 하더라도 자립할 수 없기 때문에, 죽어서 편안하게 지내는 것만 못하다. 죽을지언정 국민들의 신뢰를 잃지 않아야 진정한 정치라고 할 수 있다.

이렇게 정치지도자와 국민들 사이의 신뢰를 바탕으로, 공자는 아름다운 정치가 실현된 모습을 다음과 같이 염원한다.

제나라 경공이 공자에게 정치에 대해 물었다. 그러자 공자가 다음과 같이 대답했다.

"지도자는 지도자다워야 하고, 참모는 참모다워야 하며, 부모는 부모다워야 하고, 자식은 자식다워야 합니다."

그러자 경공이 말했다.

"좋은 말씀입니다. 정말이지, 지도자가 지도자답지 않고, 참모가 참모답지 않으며, 부모가 부모답지 않고, 자식이 자식답지 않으면, 아무리 재물이 많다고 한들 내가 어찌 먹을 수 있겠습니까?"

정치의 참모습은 사람이 자신의 본분에 맞게 살아가는 일이다. 그것은 사람다움이 모든 존재에게 자연스럽게 베풀어질 때, 드러난다. 문제는 정치가의 지도력이다.

제자 자장이 공자에게 물었다.

"어떻게 하면 정치지도자로서 능력을 발휘할 수 있습니까?"

공자가 말했다.

"다섯 가지 아름다운 도덕을 존중하고 네 가지 나쁜 일을 막으면, 정치 지도력을 발휘할 수 있을 것이다."

자장이 말했다.

"무엇을 다섯 가지 아름다운 도덕이라고 합니까?"

공자가 말했다.

"정치지도자는 베풀되 허비하지 않고, 수고롭게 하되 원망을 사지 않고, 의욕을 갖고 하되 탐하지 않고, 태연하되 교만하지 않고, 위엄이 있되 사납지 않아야 한다."

자장이 다시 물었다.

"베풀되 허비하지 않는다는 것은 무슨 뜻입니까?"

이에 공자가 다섯 가지 아름다운 도덕에 대해 구체적으로 말했다.

"사람들이 이롭게 여기는 것을 이롭게 하니, 이것이 베풀되 허비하지 않는 것이 아니겠는가? 힘든 일을 할 만한 때를 가려서 힘들게 일을 시키니, 또 누가 원망하겠는가? 도덕적인 일을 하려다가 도덕성을 갖추었는데, 또 무엇을 탐하겠는가? 정치지도자는 재물이 많건 적건, 세력이 크건 작건 제멋대로 거만하게 행동하지 않는다. 이것이 태연하되 교만하지 않은 것이 아니겠는가? 정치지도자는 몸가짐을 단정하게 하고 눈을 바르게 뜨고 사물을 바라보아야 한다. 그래야 사람들이 엄숙한 태도로 우러러보고 경외심을 갖는다. 이것이 위엄이 있되 사납지 않은 것이 아니겠는가?"

자장이 또 진지하게 물었다.

"무엇을 네 가지 나쁜 일이라고 합니까?"

공자가 말했다.

"사람을 가르치지도 않고 죄를 지으면 죽이는 것을 '잔학'이라고 한다. 미리 훈계하지도 않고 잘못된 결과만을 나무라는 것을 '포악'이라고 한다. 법령을 엉성하게 정하고 기한을 촉박하게 한정하는 것을 '잔적'이라고 한다. 어차피 사람들에게 내줄 것인데 출납에 인색한 것을 창고지기의 횡포, 즉 '유치한 조무래기의 근성'이라고 한다."

동서고금을 막론하고 정치는 도덕성과 포용력이 핵심 요소다. 그것은 사랑과 베풂, 나눔과 협력을 동반하고, 공동체의 복지를 고려한다. 공자는 정치의 다섯 가지 미덕과 네 가지 악덕을 구체적으로 제시한다.

이를 현대적으로 설명하면, 정치지도자가 지녀야 할 다섯 가지 미덕은 첫째, 사람들에게 은혜를 베풀되 낭비하지 않아야 하고, 둘째, 사람들에게 노역을 부과하지만 원망이 없게 해야 하며, 셋째, 하고 싶은 욕망이 있지만 탐욕스럽지 않아야 하고, 넷째, 일상이 태연하면서도 여유가 있으나 교만하지 않아야 하며, 다섯째, 위엄이 있어 두려워 보이지만 가까이할 수 없는 것은 아니어야 한다.

첫째 미덕의 경우, 지도자가 은혜를 베푸는 것은 좋은 일이다. 하지만 지도자 개인의 재물까지 털어서 은혜를 베푼다면 한계가 있으므로 은혜가 사람들에게 골고루 미치지 못할 수 있다. 이때는 개인의 재물을 낭비할 것이 아니라 제도적 장치를 마련하여 모든 사람이 이익을 볼 수 있게 해야 한다는 말이다. 둘째 미덕의 경우, 사람들에게 부역을 시키면 지도자는 원망을 듣게 마련이다. 하지만 공동 우물이나 학교와 같은 공공시설을 짓는다면 사람들은 오히려 고마움을 느낄 수 있다. 셋째 미덕의 경우, 그 욕망이 사람들을 교육하고 아름다운 풍속을 장려하는 방향으로 나아가면 아름다운 사회가 될 것이기 때문에 다른 물질적 차원이나 기타 개인적 탐욕이 없어질 수 있다는 의미다. 넷째나 다섯째의 미덕도 동일한 차원에서 유추할 수 있다.

네 가지 악덕은 정치지도자로서 진정으로 경계해야 할 내용이다. 첫째, 사회에 발생하는 선악을 분별하기 위해서는 사람들을 교육해야 한다. 그런데 정치지도자가 충분한 교육을 베풀지 않아 사람들이 삶의 도리를 깨닫지 못하고 범죄자가 양산되고, 이들에게 형벌까지 주었다. 이는 사람들을 학살한 것과 다르지 않다. 둘째, 어떤 일이건 사전에 훈계를 하며 주의를 주면서 일을 진행해 나가는 것이 원칙이다. 그런데 일의 성취 여부만을 감시하거나 책망하는 것은 지나치게 조급한 짓이다. 셋째, 세금을 징수하거나 소집을 할 때는 미리 방침을 정하여 공지하고 납득시켜야 한다. 그런데 공지도 제대로 하지 않고 재촉만 하면서 기한을 정해 위반자를 처벌하고 있으니 이것이야말로 사람을 해치는 짓이다. 넷째, 당연히 사람들에게 골고루 나누어 주어야 할 것을 출납할 때 매우 인색하게 굴거나 출납을 지연시키는 짓은 저 창고지기나 할 일이지, 지도자가 할 짓은 아니다. 이처럼 네 가지 덕은 지도자가 늘 고심하며, 경계해야 할 조직 경영의 능력이다.

2. 정치 경영을 위한 메시지

조직 경영을 위한 능력을 준비하라

1,000대 가량의 전차를 소유한 큰 나라를 경영하려면 지도력을 발휘해야 한다. 어떤 일을 하건 깔끔하게 처리하고, 신뢰를 쌓아야 하며, 예산 낭비를 막고, 사람을 아끼며, 국민들에게 의무를 부과하되, 국민들이 처한 상황과 때에 맞게 해야 한다.

道千乘之國. 敬事而信, 節用而愛人, 使民以時.

_「學而」5

예의를 적절하게 적용하라

인간의 삶에서 예의를 어떻게 적용할 것인가? 사람 사이에 예의를 지키고 실천할 때 부드럽게 받아주고 궁색하게 굴지 않는 것이 핵심이다. 과거의 지도자들은 그것을 아름답게 여겼고 크고 작은 일들을 모두 예의에 따라 처리했다. 그러나 그것이 지나치면 일이 잘 안 될 때도 있다. 왜냐하면 예의를 적용하는 것이 중요함을 알고 그것을 적용하되, 다시 예의를 써서 조절해야 하기 때문이다.

禮之用, 和爲貴. 先王之道, 斯爲美, 小大由之. 有所不行, 知和而和, 不以禮節之, 亦不可行也.

_「學而」12

지도적 자질을 갖추고 북극성처럼 제자리를 지켜라

정치는 훌륭한 덕성을 갖추고 해야 한다. 그것은 하늘에 떠 있는 북극성과 별자리가 운행하는 것에 비유할 수 있다. 북극성은 늘 그 자리를 지키고 있고 여러 별들은 손을 맞잡고 절을 하듯이 북극성을 따른다.

爲政以德. 譬如北辰. 居其所, 而衆星共之.

_「爲政」1

법령으로만 이끌기보다 덕성으로 조직을 경영하라

정치나 조직 경영을 할 때 법령으로 사람을 이끌고 형벌을 써서 강압적으로 따르게 하면, 사람들은 법망을 뚫고 죄를 모면하려고만 하고 사람으로서 부끄러움을 느끼지 않는다. 반면에 지도자가 덕성을 갖추고, 예의로 따르게 하면,

사람으로서 부끄러워할 줄도 알고 비뚤어진 마음도 바로잡
는다.

道之以政, 齊之以刑, 民免而無恥. 道之以德, 齊之以禮, 有恥且格.

_「爲政」3

정직한 사람을 등용하라

정직한 사람을 등용하여 부조리한 사람의 윗자리에 배치하
면 사람들이 따른다. 반대로 부조리한 사람을 높은 자리에 등
용하여 정직한 사람 위에 쓰면 사람들이 따르지 않을 것이다.

擧直錯諸枉則民服. 擧枉錯諸直則民不服.

_「爲政」19

예의를 갖추고 솔선수범하며 재능을 북돋아주라

노나라의 장관인 계강자가 물었다.

"사람들이 지도자를 존경하고 충성을 다하게 하려면 어떻게
해야 합니까? 그와 동시에 일을 잘하도록 동기를 부여하려
면 어떻게 해야 합니까?"

공자가 대답했다.

"지도자는 사람들에게 지도자로서의 예의와 태도를 보여주
어야 합니다. 그러면 사람들은 지도자를 공경하게 됩니다.

지도자가 솔선수범하여 부모에게 효도하고 자식을 사랑하면, 자연스럽게 사람들이 그 모습에 감동하여 충성하게 됩니다. 사람들 가운데 착한 사람을 등용하고 재능이 부족한 사람을 가르쳐 재능을 북돋아주면, 그것이 바로 일을 잘할 수 있게 동기를 부여하는 것입니다."

季康子問, 使民敬忠以勸, 如之何. 子曰, 臨之以莊壯則敬, 孝慈則忠, 舉善而敎不能則勸.

_「爲政」20

정치는 일상의 모든 상황에 있음을 인식하라

『서경』에 "부모에게 효도하고 또 효도하라. 형제자매 사이에 우애롭게 하라. 이 효도와 우애가 정치에 반영된다."라는 말이 있다. 효도하고 우애하는 일도 정치이다. 어찌 관직에 나가 공무원을 하는 것만이 정치겠는가?

書云, 孝乎惟孝, 友于兄弟. 施於有政. 是亦爲政. 奚其爲爲政.

_「爲政」21

양보하고 겸손한 마음을 갖추라

예의의 핵심인 양보와 겸손한 마음을 갖추고 나라를 경영할 수 있다면, 나라를 운영하는 데 무슨 문제가 있겠는가? 예의

의 핵심인 양보와 겸손한 마음을 갖추지 못하여 나라를 경영
할 수 없다면, 이 따위 예의가 어디에 필요하겠는가?"

能以禮讓, 爲國乎, 何有. 不能以禮讓, 爲國, 如禮何.

_「里仁」13

'공손 – 존경 – 은혜 – 지도'의 태도를 참고하라

정나라의 자산은 정치지도자로서 네 가지를 지니고 있었다.
첫째, 행실이 공손했고, 둘째, 윗사람을 존경했으며, 셋째,
사람들에게 은혜를 베풀었고, 넷째, 사람들을 올바르게 지
도했다.

子謂子產, 有君子之道四焉, 其行己也恭, 其事上也敬, 其養民也
惠, 其使民也義.

_「公冶長」15

마음을 열고 타자를 존중하라

마음이 열린 사람은 자기가 서고 싶으면 남도 세워주고, 자
기 앞을 트고 싶으면 남의 앞길도 터준다. 가까이 있는 자신
의 처지를 바탕으로 남의 입장을 알아차릴 때, 그것이 마음
을 열고 사람을 포용하는 방법이다.

夫仁者, 己欲立而立人, 己欲達而達人. 能近取譬, 可謂仁之方

也已.
_「雍也」28

내가 하고 싶지 않은 것을 남에게 강요하지 말라

문밖에 나서 사람을 만나면 귀한 손님을 뵙듯이 공손하게 하고, 사람에게 어떤 일을 시킬 때는 큰 제사를 모시듯이 경건하게 해야 한다. 내가 하고 싶지 않는 것을 남에게 강요하지 말라. 그래야 국가적 차원에서도 원망을 듣지 않고, 집안의 차원에서도 원망을 듣지 않게 될 것이다.

出門如見大賓, 使民如承大祭. 己所不欲, 勿施於人. 在邦無怨, 在家無怨.

_「顏淵」2

가능하면 송사를 하지 말라

세상을 살다보면, 사람들 사이에 송사는 피할 수 없는 일이 되게 마련이다. 공자는 송사를 듣고 재판하는 점에서 남들과 마찬가지였다. 하지만 공자는 반드시 송사 자체를 하지 않으려고 했다.

聽訟, 吾猶人也, 必也使無訟乎.

_「顏淵」13

게으르지 말고 충실하라

정치지도자나 조직 공동체의 경영자는 절대 게을러서는 안 된다. 구성원들을 위해 일을 할 때, 모든 점에서 충실하게 진심으로 해야 한다.

居之無倦, 行之以忠.

_「顔淵」14

탐욕을 부리지 말라

정치지도자, 조직의 경영자들은 스스로 탐욕을 부리면서 도둑질을 하지 마라. 그러면 상을 준다고 해도 도둑질할 사람이 없을 것이다.

子之不欲, 雖賞之, 不竊.

_「顔淵」18

착한 사람이 되려고 노력하라

계강자가 공자에게 말했다. "무도한 자를 사형에 처하고, 국민들이 올바른 도리로 나아가게 한다면, 이런 정치는 어떻습니까?" 이에 공자가 대답했다. "당신은 정치를 한다고 하면서 어찌 사람을 죽이려고 합니까? 당신이 착하게 되면 국민들도 착하게 됩니다. 지성인은 바람과 같고, 서민들은 풀과 같습니다. 풀은 바람이 불면 반드시 바람이 부는 대로 쏠리기 마련입니다."

季康子問政於孔子曰, 如殺無道, 以就有道, 何如. 孔子對曰, 子爲政, 焉用殺, 子欲善而民善矣. 君子之德, 風. 小人之德, 草. 草上之風, 必偃.

_「顔淵」19

정직한 사람을 등용하여 정직하지 않은 사람을 교화하라

조직을 경영할 때, 정직한 사람을 등용하여 부정을 저지르는 사람들 위에 앉히면, 부정을 저지르는 사람들도 정직한 사람으로 바뀔 수 있다.

擧直錯諸枉, 能使枉者直.

_「顔淵」22

솔선하여 노력하라

정치지도자, 조직의 경영자들이여! 본인이 앞장서서 일하고 몸소 수고하라! 그리고 자기가 맡은 직무를 게을리 하지 마라!

先之勞之, 無倦.

_「子路」1

바르게 행동하라

지도자 자신이 바르면 법령이나 명령을 내리지 않아도 모든 일이 행해지고, 지도자 자신이 바르지 못하면, 설사, 호령을 한다 해도 사람들이 따르지 않는다.

其身正, 不令而行. 其身不正, 雖令不從.

_「子路」6

몸가짐을 바르게 하라

지도자가 몸가짐을 바르게 하면, 정치를 하는 데 무슨 어려움이 있겠는가? 지도자가 몸가짐을 바르게 하지 못하는데, 어찌 다른 사람의 언행을 바르게 할 수 있겠는가?

正其身矣, 於從政乎何有. 不能正其身, 如正人何.

_「子路」13

서두르거나 탐내지 말라

급하게 서두르지 말고 조그마한 이익을 탐내지 마라. 급하게 서두르면 도달할 수 없고 조그마한 이익을 탐내면 큰일을 이루지 못한다.

無欲速, 無見小利. 欲速則不達, 見小利則大事不成.

_「子路」17

공직자의 자세를 참고하라

제자 자공이 물었다. "어떻게 해야 공직자의 역할을 제대로 할 수 있습니까?" 공자가 말했다. "자신의 언행에 부끄러움을 느낄 줄 알아야 한다. 또 다른 나라에 외교 사절로 가면 지도자로부터 위임받은 사명을 욕되지 않게 해야 한다. 그래야 제대로 된 공직자라고 할 수 있다." 자공이 또 물었다. "감히 묻겠습니다. 그 다음 수준의 공직자는 어떻습니까?" 공자가 말했다. "친척들이 효성스럽다고 칭찬하고 동네 사람들이 공손하다고 칭찬하는 사람이다" 자공이 또 물었다. "감히 묻겠습니다. 그 다음 수준의 공직자는 어떻습니까?" 공자가 말했다. "말을 하면 반드시 신의를 지켜 행하고, 행하면 반드시 성과를 거두는 사람이다. 좀 딱딱하고 융통성이 없는 듯이 보여 속이 좁은 사람 같지만, 그래도 공직자로서 역할을 어느 정도 할 수 있다."

子貢問曰, 何如, 斯可謂之士矣. 子曰, 行己有恥. 使於四方, 不辱
君命, 可謂士矣. 曰, 敢問其次. 曰, 宗族稱孝焉, 鄕黨稱弟焉. 曰,
敢問其次. 曰, 言必信, 行必果, 硜硜然小人哉. 抑亦可以爲次矣.

_「子路」20

예의를 좋아하고 지켜라

위에 있는 지도자가 예의를 좋아하고 잘 지키면, 아래에 있는 사람들을 설득하여 경영하기가 쉽다.

上好禮, 則民易使也.

_「憲問」44

예의를 갖추어 사람을 대접하라

정치지도자나 최고경영자가 지혜를 발휘하여 조직 공동체를 다스린다고 해도, 포용력과 도덕성으로 자신의 자리를 지키지 않으면 반드시 그 공동체를 잃게 된다. 지혜를 발휘하여 공동체를 다스리고 포용력과 도덕성으로 자리를 지킨다고 해도, 엄숙하고 객관적인 태도로 정치와 경영에 임하지 않으면, 사람들은 그런 지도자를 존경하지 않는다. 지혜를 발휘하여 공동체를 다스리고 포용력과 도덕성으로 자리를 지키며 엄숙하고 객관적인 태도로 정치와 경영에 임하더라도, 사람을 예의로 대접하지 않으면, 제대로 된 정치와 경영이라고 할 수 없다.

知及之, 仁不能守之, 雖得之, 必失之. 知及之, 仁能守之, 不莊以涖之則民不敬. 知及之, 仁能守之, 莊以涖之, 動之不以禮, 未善也.

_「衛靈公」32

제대로 된 지도자는 힘을 다하여 직무를 수행하되 자신의 능력으로 감당할 수 없으면 그만둔다. 나라를 다스리거나 집안을 다스리는 지도자는 구성원의 숫자가 적음을 걱정하지 않고, 그들에게 혜택이나 분배가 고르게 되지 않음을 걱정한다. 가난을 걱정하지 않고 편안하게 해주지 못함을 걱정한다. 고르게 분배하여 혜택을 주면 가난하지 않고 화목한 사람이 적지 않을 것이며, 사람이 편안하게 살면 나라나 집안이 기울거나 망하는 일은 없을 것이다. 이와 같기 때문에, 먼 곳에 사는 사람이 따라오지 않으면 문화적으로 덕치를 하여 스스로 오게 하고, 이미 온 사람들은 편안하게 살게 해준다.

陳力就列, 不能者止. 有國有家者, 不患寡而患不均. 不患貧而患不安. 蓋均無貧, 和無寡, 安無傾. 夫如是故, 遠人不服則修文德以來之, 既來之則安之.

_「季氏」1

세상 경영의 질서를 이해하라

세상이 체계적으로 질서가 잡혀 있으면 사회의 문화제도나 공동체의 대소사가 최고지도자에 의해 행해진다. 세상이 혼란스럽고 질서가 무너지면 사회의 문화제도나 공동체의 대소사가 그 다음 고위지도자에 의해 행해진다. 고위지도자가 공동체의 실세 노릇을 하면, 그 후로 10대 정도에 이르기까지 권력을 휘두르다가 망한다. 그보다 아래의 지도자가 실세 노릇을 하면, 그 후로 5대 정도에 이르기까지 권력을 휘두르다가 망한다. 그런 지도자 아래에서 일하던 가신이 실세 노릇을 하면, 그 후로 3대 정도에 이르기까지 권력을 휘두르다가 망한다. 세상이 체계적으로 질서가 잡혀 있으면, 정치나 경영이 최고지도자나 경영자가 아닌 그 아래 지도자나 경영자의 손에 놀아날 리 없다. 세상이 체계적으로 질서가 잡혀 있으면, 사람들이 정치나 경영에 대해 이러쿵저러쿵하고 의논하지 않는다.

天下有道, 則禮樂征伐, 自天子出. 天下無道, 則禮樂征伐, 自諸侯出. 自諸侯出, 蓋十世希不失矣. 自大夫出, 五世希不失矣. 陪臣執國命, 三世希不失矣. 天下有道, 則政不在大夫. 天下有道, 則庶人不義.

_「季氏」2

주변을 성심껏 챙겨라

최고지도자나 경영자는 일가친척에게 소홀히 하지 않는다. 정치지도력을 발휘할 수 있는 사람이나 관리들에게 자기를 써 주지 않는다는 원한을 품게 하지 않는다. 그리고 원로 공신이나 오랫동안 함께 정치에 참여했던 옛 친구가 큰 사고가 없다면 버리지 않는다. 또한 한 사람에게 모든 것이 갖추어지기를 요구하지 않는다.

君子, 不施其親. 不使大臣, 怨乎不以. 故舊, 無大故則不棄也. 無求備於一人.

_「微子」10

신뢰를 얻고 신임을 받으라

정치지도자나 경영자는 신뢰를 얻은 뒤에 사람을 설득하고 일을 시켜야 한다. 신뢰를 얻지 못하고 아랫사람을 부리면, 사람들은 자기를 혹독하게 괴롭힌다고 생각한다. 아랫사람은 신임을 받은 뒤에 윗사람에게 착실히 충고해야 한다. 신임을 받지 못하고 충고하면, 윗사람은 자기를 비방하거나 자신의 일에 훼방을 놓는다고 생각한다.

君子, 信而後勞其民. 未信則以爲厲己也. 信而後諫, 未信則以爲謗己也.

_「子張」10

합리적 윤리 도덕

1. 정직한 도덕성, 효치의 바탕

『논어』에는 너무나 다양한 사유와 실천이 공존한다. 서로 다른 신분과 직업을 지닌 각계각층의 인간들이 제각기 다른 내용으로 서로에게 영향을 미치며 삶을 구가하고 있다. 그 핵심은 사람이 살아가는 삶의 문제이며, 삶의 문제를 조절하는 것은 윤리 도덕으로 환원한다. 윤리 도덕은 궁극적으로 '사람이 어떻게 살아야 하는가?'의 문제이다. 사람됨, 사람다움의 문제인 것이다.

공자는 사람이 살아가는 데 가장 중요한 부분을 윤리 도덕으로 인식한 것 같다. 그것은 흔히 인덕仁德으로 상징된다. 『논어』의 사상은 다름 아닌 이런 윤리 도덕으로 일관되어 있다.

앞에서도 언급하였지만, 공자는 젊은이들에게 집에서는 부모에게 효도하고 형제자매들과 우애 있게 지내기를 요청하였고, 사회에서는 공손한 태도로 행동하기를 요구했다. 나아가 행동과 말은 조심스럽게 하고 사람들을 사랑하며 윤리 도덕을 갖춘 훌륭한 사람을 가까이 하라고 당부했다. 그러고도 남은 힘이 있을 때, 지식을 함양하라고 말하며 윤리 도덕의 중요성을 강조했다. 이는 이성적 사고로 지식을 익히는 것보다 사람다움의 감성과 정서를 통해 확보되는 윤리 도덕을 높게 여긴 것이다. 뿐만 아니라, 공자는 그가 그토록 중시하였던 예악禮樂을 언급하면서도, 사람이 되어 윤리 도덕을 제대로 갖추지 않았다면, 예와 악을 아무리 잘 알고 있다고 할지라도 인간의 삶이 의미가 없다고 보았다. 이는 윤리 도덕이 인간 삶의 기초임을 재확인한 것이다.

그런 차원에서 공자는 윤리 도덕의 기준과 행위의 표준을 엄격하게 제시한다. 강직하고 굳세고 질박하고 어눌한 사람! 공손하고 너그럽고 믿음직스럽고 부지런하며 남에게 베푸는 사람! 그런 기준과 행위는 사람들에게 모욕을 당하지 않는 지름길이자 사람으로서 지지를 얻을 수 있는 바탕이다. 신임을 얻는 원천이자 어떤 일을 성공으로 이끌고 사람과 더불어 살 수 있는 기초가 된다.

이러한 윤리 도덕은 단순하게 타고나는 것이 아니다. 도덕은 선천적이라기보다 후천적 노력과 자기 수양의 결과다. 공자는 윤리 도덕을 갖추는 방법에 대해 정확하게 지적한다. '성상근 습상원性相近 習相遠!' "타고난 성품은 서로 가까우나 습관에 따라 서로 멀어지게 한다."라는 유명한 말이다. 이는 그 사람의 공부나 삶의 경험과 연관된다. 공자의 언급은 상당히 일리가 있다. 엄밀하게 따지면, 인간의 본성은 서로 비슷하다. 문제는 후천적 사회 환경과 공부에 따라 인간의 지식은 물론 윤리 도덕에서 중대한 차이를 발생시킬 수 있다.

이 후천적 공부의 목적이 다름 아닌 윤리 도덕적 인간, 사람다운 사람의 양성이다. 공자는 덕성과 재능을 겸비한, 세상을 잘 다스리는 인간을 염원하였다. 특히 인간의 덕성으로 통칭되는 윤리 도덕적 인간 양성은 교육의 핵심 목표였다. 그것의 기초가 효도, 공경, 충실, 신뢰, 의리, 용기, 성실, 용서, 원만, 검소, 겸손, 화합, 관대, 시혜 등의 덕목이다.

이러한 윤리 도덕은 남으로부터 나오는 것이 아니라 기본적으로 자기로부터 나온다. 주체적 행위의 발로다. 따라서 윤리도덕은 나의 언행으로부터 멀리 떨어져 있는 객관적 사안이 아니다. 내가 윤리 도덕을 실천하려고 하면 그 자체가 바로 윤리도덕성이다.

문제는 윤리 도덕성이 일상생활에서 구현되는 방식이다. 공자는 하나의 개념에 집중한다. 그것은 '정직'이다. 공자는 평소 제자들에게 "너희들은 내가 숨기는 게 있다고 생각하느냐? 나는 너희들에게 숨기는 것이 없다. 나는 어떤 일을 할 때, 너희들에게 보여주지 않는 것이 없는 사람이다. 그게 나다."라고 하며, 솔직하고 진지하게 자기 삶의 태도를 밝혔다. 공자는 70평생을 '정직'이라는 삶의 지침을 끌어안고 살았던 사람이었다.

공자는 수시로 강조한다. '인간의 삶은 정직해야 한다. 속이는 삶은 요행히 위기를 모면할 수 있을지 모르지만 궁극적으로는 몰락하기 쉽다.' 정직에 관한 언급과 사례는 사회의 원활한 지속을 향한 절규를 보는 듯하다. 친구와 사귈 때, 공동체의 일원으로서 자신의 본분을 이행할 때, 지도자로서 경영인으로서 책임을 행사할 때는 물론 모든 생활에서 고려할 사안이다.

예를 들면, 공자는 임금의 언행을 기록하던 사관인 위나라의 사어를 칭찬할 때, "정말 정직하다. 나라가 안정되어 있어도 그 정직함이 화살처럼 곧고, 나라가 혼란스러워도 사람들이 우왕좌왕하는 가운데도 그 정직함이 화살과 같다."라고 하였다. 또한 제자인 자로가 어떻게 지도자를 모셔야 하는지에 대해 물었을 때, "지도자를 속이지 말고, 그 일에 대해 정확하게 말하고 충고하라. 지도자가 부정직한 길로 가려거든 차라리 덤벼들어라!"라고 조언해주었다. 뿐만 아니다. 원한을 맺은 사람을 대할 때조차도 정직을 강조한다. "원한이 있는 사람을 어떻게 대할 것인가? 원한은 그에 합당하게, 정직으로 갚아야 한다."

그런데 이러한 윤리 도덕과 정직의 기반은, 단순하게 사례로 이해하고 지식으로 인식할 문제가 아니다. '젊은이들에게 집에서는 부모에게 효도하고 형제자매들과 우애 있게 지내기를 요청'하였듯이, 집안에서 실천되는 '효孝'에서 시작한다. 공자 시대 또는 우리의 전통 사회인 조선 시대와 현대 사회의 가족 개념이나 효 개념에는 상당한 거리가 있다. 현대적 차원에서 볼 때, '농경-유교-대가족'이 보편적이던 동양 전통 사회에서의 효도와 '지능정보-다양한 사상-핵가족(심지어는 1인 가정)'이 등장한 현대의 효도는 그 차원이 전혀 다르다. 그러나 부모자식 사이의 혈연관계에서 쌍무적 권리이자 의무라는 점을 고려한다면, 그 기본 정신은 새로운 측면으로 되새길 필요가 있다. 낳은 정, 기른 정, 은혜 등에 대한 정서적 개념을 떠올리지 않더라도, 부모는 그만큼 자식을 사랑하고 자식은 그만큼 부모에게 효도해야 하는, 부모의 자식 사랑인 자애慈愛와 자식의 부모 사랑인 효도孝道의 정신이, 사랑이라는 끈으로 밀착되어 있다.

일반적으로 효는 부모자식 사이에 이루어지는 윤리 도덕적 관계를 말한다. 하지만 조금만 깊이 생각해 보면, 한 사회의 구성원 모두, 저 아래의 가장 어린 구성원에서 최고지도자나 경영자에 이르기까지, 그들이 실천해야 할 주요 원리가 깃들어 있다. 한 집안에 부모와 자식이 있듯이, 어떤 공동체이건 부모에 해당하는 지도급 인사와 자식에 해당하는 구성원이 있게 마련이다. 이는 계급 계층적 차원이 아니라, 인류가 삶을 지탱해온 역사가 공동체의 구성 양식에 의거해 있다는 점에서 볼 때 그러하다.

전통적으로 동양의 정치, 사회, 문화는 일종의 '효치孝治'라고도 한다. 효도의 양식을 빌어서 인간 사회를 경영한다는 의미다. 공자는 『논어』에서 효에 대해 여러 번 언급하였다. 주요한 발언을 보면 다음과 같다.

"부모자식 사이에 효도하고 자애로우며 형제자매 사이에 우애 있는 사람 중에 윗사람에게 덤벼드는 사람은 드물다. 윗사람에게 덤벼들기를 좋아하지 않는 사람으로서 난동부리는 자도 아직까지는 없었다. 지성인은 삶의 근본 문제를 다룬다. 왜냐하면 삶의 근본 문제가 파악되어야 인생의 길이 보이기 때문이다. 효도와 우애야말로 사람을 사람답게 대하는 길을 실천하는 윤리 도덕의 기초다."

"부모가 살아 계실 때 자식은 어른의 뜻을 살펴 모셔야 하고, 돌아가신 뒤에도 자연스럽게 살아 계실 때의 행적을 살펴 받들어야 한다. 최소한 3년 동안 부모가 추구했던 길을 바꾸지 않아야 효자라 일컬을 수 있고 효도했다고 할 수 있다."

"부모의 뜻에 어긋남이 없게 해야 한다. 부모가 살아 계실 때는 예의를 다하여 섬기고, 돌아가셨을 때는 예의를 다하여 장례를 치르며, 제사를 지낼 때는 정성을 다하여 모셔야 한다."

"부모는 자나 깨나 자식이 아프지 않은지, 그 질병을 근심할 뿐이다."

"요즘 사람들은 부모에게 효도를 할 때 물질적으로 봉양하는 데만 초점을 둔다. 사람이 개나 말과 같은 짐승을 키울 때도 먹이는 준다. 부모를 모시는데 존경하는 마음이 없다면, 효도 한답시고 그 봉양하는 수준이 개나 말에게 먹이를 주어 기르는 것과 무엇이 다르겠는가?

"부모를 모실 때, 혹시라도 간절하게 드릴 말씀이 있으면 신중하게 말씀드려야 한다. 간절하게 말씀드렸건만 그 뜻이 받아들여지지 않더라도 더욱 공경하게 부모를 모시며 효도를 다해야 한다. 또 간절히 드린 말씀 때문에 힘든 상황이 벌어지더라도 부모를 원망해서는 안 된다."

"부모가 살아 계실 때 자식은 먼 곳으로 여행하지 않아야 한다. 늘 부모 곁에서 부모를 모시려는 마음을 지녀야 하기 때문이다. 부득이 하게 여행을 가는 경우, 자식은 반드시 부모에게 그 행선지를 알려드리고, 크게 걱정하지 않도록 안심시켜야 한다."

"자식으로서 부모의 나이는 반드시 알고 있어야 한다. 그래야 한편으로는 장수하시는 것을 보고 기뻐하고, 다른 한편으로는 쇠약해지는 것을 보고 두렵게 느끼며 염려할 수 있기 때문이다."

효도에 관한 이러한 생각은 어쩌면 삶의 당위로 느껴진다. 매우 설명적이고 훈화에 가까운 당부이자 바람이다. 그러나 엄밀히 말하면 공자의 언표는 집안에만 국한되지 않는다. 공자는 효를 정치와 사회 경영의 원리로 확장한다. 사람들은 흔히 인간의 삶에서 잘 먹고 따스하게 입고 좋은 잠자리에서 자는 것이 중요하다고 말한다. 이는 자식이 부모를 모시는 태도에서 그 전형을 보인다. 이런 태도가 사회적으로 확장되었을 때, 그것은 지도자나 경영자가 담당해야할 의무이자 권리다. 한 공동체의 지도자가 구성원을 먹여 살리는 삶의 보장이요 복지 경영이다. 어떤 사람은 '자기 부모에 대해서도 애정이 없는데, 그런 지도자가 어떻게 구성원에게 은혜를 베풀 수 있겠는가?'라고 말한다.

부모자식 사이의 혈연관계는 인간의 원시적 감정이다. 산업 패러다임의 전환이라는 혁명의 시대를 목도하면서, 현대인은 삶의 스트레스에 시달린다. 생존 전략을 공부하는 데 급급하다. 사업을 하며 돈을 벌고, 제각기 기호에 따라 취미를 즐기며 사람들과 교제하는 데 정신이 없다.

어떤 사람은 그 바쁜 와중에도 틈틈이 부모나 형제자매, 부부 사이, 자식들과 대화를 하며 삶의 여유를 즐기기도 한다. 그러나 정반대의 경우도 있다. 사업 파트너의 전화번호는 외우면서 부모의 생일을 외우지 못하는 사람, 제 혼자서 여행을 즐기고 놀고먹으면서, 늙은 부모에게는 용돈 한 푼 주지 않고 안중에 두지 않는 사람도 있다. 자신의 개인적인 일과 사업만이 의미가 있고, 부모자식을 비롯한 가족 간의 삶의 정취와 정이 없다면, 삶의 의미를 어디에서 찾을 것인가? 혈연관계도 제대로 처리하지 못하는데 어떻게 사회관계를 잘 처리할 수 있겠는가? 부모, 형제자매, 부부와 자식과의 관계를 단절하고 어떻게 남에게 따스한 마음이 생기겠는가? 그렇다고 공자의 언표가 내 가정의 사사로운 정에만 얽매이라는 뜻은 아니다. 사람에게 기본이 되는 정감으로부터 인간의 삶을 이끌어내라는 말이다.

공자가 효도를 윤리 도덕의 기초로 내세운 이유는 정말 간단하다. 우리 개인의 탄생과 존재방식에 대한 깊은 성찰 때문이다.

어느 날 제자인 재아가 공자에게 물었다.

"부모가 돌아가셨을 때 3년상三年喪은 그 기간이 너무 긴 것 같습니다. 정치지도자나 경영자가 3년이나 국가나 회사가 나아가야 할 방향이나 운영 지침을 지키지 못하면, 그 국가나 회사의 기강은 반드시 혼란스러워지거나 무너질 것입니다. 지난 해에 수확한 묵은 곡식이 없어진 다음에 올해 새 곡식이 나오고, 불씨를 얻기 위해 불씨를 일으키는 풀이나 나무도 매년 새로 마련하는 것처럼, 부모님의 3년상도 줄여서 1년상으로 마치는 것이 좋지 않겠습니까?"

공자가 말했다.

"1년상만 마치고, 쌀밥을 먹고 비단옷을 입어도, 자네 마음이 편안하겠는가?"

재아가 말했다

"예, 편안한 것 같은데요."

공자가 말했다.

"그래, 자네 마음이 편안하다면 그렇게 하게나! 윤리 도덕을 갖춘 지성인은 상중에는 음식을 먹어도 맛이 나지 않고, 음악을 들어도 즐겁지 않으며, 어떤 곳에 있어도 편안하지 않아 한다네. 때문에 그렇게 하지 않는 것이네. 지금 자네 마음이 편안하다면 그렇게 하게."

재아가 나가자 공자가 말했다.

"재아는 참으로 예의염치가 없구나! 자식은 태어난 지 3년이 지나야 부모의 품에서 겨우 벗어날 수 있다. 부모가 돌아가셨을 때 3년상을 치르는 것은 세상의 보편적인 예의다. 재아도 어릴 때 부모로부터 3년 동안 큰 사랑을 받고 자랐겠지?"

부모로부터 태어난 아이는 최소한 3년 정도 부모의 따스한 온정을 받으며 자라야 제 스스로 걷거나 수저질을 하며 사람으로 살아갈 수 있는 기본을 갖춘다. 그 3년이라는 기간을 마지막으로 보상해 주는 작업이 다름 아닌 부모가 돌아갔을 때 3년상을 치르는 것이다. 지금은 3년상을 치르는 사람이 거의 없지만, 유교 전통 사회에서 우리 선조들이 3년상을 치르면서 부모에게 효도를 다하려고 했던 그 정신이 바로 앞서 언급한 공자의 언표 때문이다.

다시, 효가 정치로 확장되는 차원을 윤리 도덕의 측면에서 인식해 보자. 우리는 정치라고 했을 때, 대부분 특정한 정치인들, 즉 국회의원이나 지방자치단체장 등이 행하는 정치를 떠올린다. 그러나 공자의 말은 그것과 다르다. 효도와 우애를 통해 사람을 사랑하면 따스한 윤리 도덕적 정감을 발휘할 수 있고, 그것이 정치에서 아름다운 행위로 표출될 수 있다.

『논어』에 흐르는 공자의 사유는 효로부터 정치나 경영의 원리와 방법을 말하는 듯하다. 자식이 부모의 뜻을 어기지 않듯이, 정치나 경영에서 지도자나 경영자가 조직 공동체의 바람을 어기지 않으려면 조직의 구성원이 무엇을 바라는지, 그 바람을 저버리지 말아야 한다. 비유컨대, 조직 구성원은 물이고 지도자는 배다. 물이 풍랑으로 흔들리면 배는 조만간에 뒤집히게 마련이다. 따라서 지도자는 반드시 조직 구성원의 안색을 살펴 가면서 일을 해야 한다. 조직 구성원이 만족하고 기뻐하고 응낙하면 그것을 실천한다. 그렇지 않으면 하지 말거나 천천히 행해야 한다. 적어도 나쁜 일은 하지 않아야 한다. 조직 구성원들이 원하지 않고 하고 싶어 하지 않는데, 억지로 해서는 안 된다. 이는 결코 하지 않는 것이 아니라, 대세가 어디에 있는지 따라야 한다는 뜻이다.

현명한 정치지도자나 경영자는 현실에 입각하여 장기적 전략을 세운다. 지금 당장 조직 구성원에게 필요한 것을 살피고, 동시에 장기적 발전의 기반을 다진다. 눈앞에서 얻을 수 있는 업적이나 효과에만 급급하고 이익만을 위한 일은 신중히 고려한다. 그렇게 하지 않으면 미래세대에게 남겨줄 것이 없거나 미래세대가 감당하기 힘든 빚만을 남긴다. 공자가 효를 사례로 들며 염려한 것이 바로 효에서 확장되는 최고지도자나 경영자의 윤리 도덕적 성향에 대해서다.

마지막으로 한 사례를 통해 인간의 기초 윤리 도덕이 얼마나 중요한지 다시 반성한다. 공자는 말했다. "부모는 자나 깨나 자식이 아프지 않은지, 그 질병을 근심할 뿐이다!" 이를 한 조직의 지도자나 공동체의 경영자에게 확대 적용해 보라! 그것은 최고

지도자나 경영자가 조직 공동체의 구성원이 어떤 고통에서 허덕이고 있는지 관심을 가지라는 말이다. 한 조직 공동체의 지도자나 경영자가 구성원들의 애환을 헤아려보라는 권고다.

최고지도자나 경영자에 비해, 조직 구성원들이 맡은 일은 매우 자질구레하다. 그래서 소홀히 대하기가 쉽다. 일상에 필요한 의식주 문제, 출산, 자녀의 교육과 진학 진로, 건강 등은 조직 전체를 총괄하는 지도자나 경영자의 입장에서 보면, 사소한 일일 수 있어서, 지도자나 경영자는 이러한 조직 구성원의 개인적 일에 관심이 적어질 수 있다. 그러나 조직 구성원이 어떤 문제를 고민하고 있는지 관심을 갖지 않고 버리면, 그것은 조직 공동체의 구성원을 버리는 것과 같다. 조직 공동체의 일은 누가 하는가? 바로 조직의 구성원이 실무를 담당한다. 그런데도 조직 구성원에게 관심을 갖지 않고, 그들을 버리는 행위는 조직 공동체가 맡은 일의 주체를 버리는 것과 마찬가지다. 이러 상황에서 무슨 큰 일을 논의할 수 있단 말인가? 조직 구성원에게 관심을 두는 일보다 더 큰일이 있는가!

이 시점에서 인간 사회 윤리 도덕의 기초인 효와 그 확장성에 대해 신중히 고려할 필요가 있다. 효의 근원이 되는 부모자식 사이, 그리고 그것의 사회적 확장인 지도자와 구성원 사이의 관계다. 특히, 지도자는 조직 구성원에게, 조직 구성원은 지도자에게 어떻게 효의 원리를 발현하고 실천해야 하는가? 그 유교 윤리 도덕은 현대 조직 경영 철학에 유용한가?

나는 공자의 간절한 바람을 다음과 같이 해석하고 싶다. 부모가 자식에게, 자식이 부모에게 그러했듯이, 지도자나 경영자, 조직 구성원들은 서로 찡그리는 낯빛으로 대하지 말자. 서로를 존중하는 마음에 터하여, 성실하고 진실하고 열정적으로 대하며, 각자 맡은 일을 하자. 신뢰를 바탕으로 일하는 지도자와 구성원들은 서로를 아낀다. 상대에게 진솔한 속내를 드러내 보일 때, 지도자와 구성원은 신뢰를 쌓은 오랜 친구가 된다.

특별한 경우를 제외하고, 인간은 모두 부모나 자식이 되어 세상을 살아간다. 동시에 사회적으로는 어떤 조직이나 공동체에 소속되어 살아간다. 공자는 윤리 도덕의 기본 전제인 '효'를 가정 내의 윤리 도덕으로만 보지 않았다. 사회적으로 정치적으로 확대해석하였다. 이런 점에서 인간은 부모-자식, 또는 지도자-구성원이라는 자신의 사회적 지위를 고려하지 않을 수 없다. 그 삶의 중심에 일상의 윤리 도덕이 자리한다.

국가의 지도자들이여! 조직 공동체를 운영하는 경영자들이여! 국민이나 조직 구성원들을 자식처럼 대하고 성실하고 간절하게 사랑을 베푸시라! 조직 구성원들이여! 지도자나 경영자를 부모처럼 존경하고 맡은 일에 충실하시라! 그것은 공자가 윤리 도덕의 싹으로 제시했던, 정직한 삶, 사람을 속이지 않는 삶에서 시작된다.

2. 윤리 도덕을 향한 메시지

아첨하지 말라

말하는 소리는 남들이 듣기 좋게 하고 낯빛은 남들이 보기
좋게 하는 사람 가운데, 사람을 사람답게 대할 줄 아는 자는
드물다!

巧言令色, 鮮矣仁.

_「學而」3

패거리를 만들지 말라

세상에는 크게 두 부류의 인간이 있다. 지성인은 두루 통하
여 패거리를 만들지 않는다. 그러나 조무래기는 패거리를 만
들고 사람들과 두루 통하지 않는다.

君子, 周而不比. 小人, 比而不周.

_「爲政」14

마음을 열어라

열린 마음을 지닌 포용력 있는 사람만이 사람을 사랑할 수 있고 사람을 미워할 수 있다.

惟仁者, 能好人, 能惡人.

_「里仁」3

정당하게 행동하라

재물이나 높은 지위, 이른바 '부귀'는 대부분의 사람이 탐내는 것이다. 그러나 정당한 방법으로 얻은 것이 아니라면 그 부귀를 누려서는 안 된다. 가난과 천한 직업, 이른 바 '빈천'은 대부분의 사람이 싫어하는 것이다. 하지만 그것이 정당하게 주어진 것이 아니라 사회가 타락하고 부도덕한 무리들이 판을 치는 바람에 어쩔 수 없이 나에게 부과된 것이라면, 피하지 말라. 지성인이 알찬 인성을 버리면 사람다움을 어디에서 찾겠는가? 지성인은 밥 먹을 때와 같은 평상시에도 사람답게 행동하고, 다급한 일이 닥쳐도 그러하며, 가난에 넘어지고 좌절하며 뒤집히는 순간에도 그렇게 해야 한다.

富與貴, 是人之所欲也. 不以其道, 得之, 不處也. 貧與賤, 是人之所惡也. 不以其道, 得之, 不去也. 君子, 去仁, 惡乎成名. 君子, 無終食之間, 違仁, 造次, 必於是, 顚沛, 必於是. _「里仁」5

지나치게 이익을 밝히지 말라

사람이 지나치게 이익을 밝히고 자기 욕심을 채우기만 하면, 다른 사람의 원망이 많아진다.

放於利而行, 多怨.

_「里仁」 12

자기충실과 타자배려의 일관된 길을 고심하라

공자가 말했다. "증삼아, 내가 지키고 행하는 길은 한결같다!" 증자가 대답했다. "네, 알았습니다." 그렇게 공자와 증자가 대화를 나눈 뒤 공자는 밖으로 나갔다. 그러자 공자의 여러 문하생들이 증자에게 물었다. "무엇을 말씀하신 것입니까?" 증자가 말했다. "선생님은 자기에 대한 충실과 타자에 대한 배려, 이 한길을 갈 뿐이다."

子曰, 參乎, 吾道一以貫之. 曾子曰, 唯. 子出. 門人問曰, 何謂也. 曾子曰, 夫子之道, 忠恕而已矣.

_「里仁」 15

적절하게 충고하라

지도자를 모시고 있을 때 지나치게 자주 충고하여 지도자를 귀찮게 만들면, 끝내는 욕을 보게 된다. 친구와 동료 사이에

도 지나치게 자주 충고를 하여 귀찮게 하면, 끝내는 사이가
멀어진다.

事君數, 斯辱矣. 朋友數, 斯疏矣.

_「里仁」26

싫어하는 일을 억지로 시키지 말라

공자의 제자 자공이 말했다. "저는 다른 사람이 저에게 제가
싫어하는 일을 억지로 시키는 것을 원하지 않습니다. 마찬가
지로 저 또한 다른 사람에게 그가 싫어하는 일을 억지로 시
키고 싶지 않습니다." 공자가 말했다. "자공아, 말하기는 쉬
워도 그런 행동을 쉽게 할 수 있는 것은 아니다."

子貢曰, 我不欲人之加諸我也. 吾亦欲無加諸人. 子曰, 賜也, 非爾
所及也.

_「公冶長」11

지난 일을 들추어 내지 말라

사람이 자신의 과거를 청산하고 마음을 바로 잡고 깨끗이 하
고 나오면 그 깨끗함을 알아주어야 한다. 자꾸 지난날에 벌
어졌던 어두운 기억을 들춰내어 마음에 두어서는 안 된다.

人潔己以進, 與其潔也. 不保其往也. _「述而」28

차분한 기운을 유지하라

지성인은 마음이 차분하고 너그러우며, 조무래기는 늘 초조하고 불안해한다.

君子, 坦蕩蕩. 小人, 長戚戚.

_「述而」36

자기 일이 아니면 함부로 논의하지 말라

어떤 자리에 올라 구체적인 일을 맡지 않은 사람이라면, 그 일에 대해 이러쿵저러쿵 논의해서는 안 된다.

不在其位, 不謀其政.

_「泰伯」14

사람 귀한 줄 알라

마구간에 불이 나서 모조리 다 타버린 일이 있었다. 공자가 조정에서 퇴근하자마자 집안사람들에게 말했다. "다친 사람은 없는가?" 그리고 마구간에 있던 말에 대해서는 특별히 묻지 않았다.

廐焚. 子退朝曰, 傷人乎. 不問馬.

_「鄉黨」12

삶에 충실하라

공자의 제자 자로가 물었다. "귀신을 어떻게 섬기면 좋습니까?" 공자가 말했다. "사람도 제대로 모시지 못하면서, 어찌 귀신을 섬길 수 있겠는가?" 자로가 다시 물었다. "그러면 죽음이란 무엇입니까?" 공자가 말했다. "삶에 대해서도 제대로 알지 못하면서, 어찌 죽음에 대해 알겠는가?"

季路問. 事鬼神. 子曰, 未能事人, 焉能事鬼. 敢問, 死. 曰, 未知生, 焉知死.

_「先進」11

모략과 하소연에 넘어가지 말라

총명한 사람은 물이 스며들 듯이 은근히 파고드는 모략이나 피부로 느껴질 듯이 간절한 하소연에 넘어가지 않는다. 물이 스며들 듯이 은근히 파고드는 모략이나 피부로 느껴질 듯이 간절한 하소연에 넘어가지 않아야, 인생을 멀리 내다볼 수 있다.

浸潤之譖, 膚受之愬, 不行焉, 可謂明也已矣. 浸潤之譖, 膚受之愬, 不行焉, 可謂遠也已矣.

_「顏淵」6

지나치게 충고하지 말라

공자의 제자 자하가 벗을 사귀는 도리에 대해 물었다. 공자
가 말했다. "충고를 통해 잘 인도해주되 충고를 듣지 않으면
그만두어라. 지나치게 충고하여 친구 사이에 서운한 감정이
없게 해야 한다."

子貢問, 友. 子曰, 忠告而善道之, 不可則止. 毋自辱焉.

_「顔淵」23

글을 통해 벗을 사귀라

지성인은 글을 통해 벗을 사귀고, 친교를 통해 열린 마음으
로 서로의 덕성을 높인다.

君子, 以文會友, 以友輔仁

_「顔淵」24

화합하되 패거리 짓지 말라

지성인은 친애하고 화합하려고 하되 부화뇌동하며 패거리
짓지 않는다. 하찮고 속 좁은 사람은 부화뇌동하며 패거리를
지어 다니며 친애하고 화합하지 않는다.

君子, 和而不同. 小人, 同而不和.

_「子路」23

덕성과 용기를 정확하게 직시하라

훌륭한 덕성을 지닌 사람은 반드시 좋은 말을 한다. 그러나 좋은 말을 하는 사람이 반드시 훌륭한 덕성을 지닌 것은 아니다. 훌륭한 사람은 반드시 용감하게 행동한다. 그러나 용감하게 행동한다고 해서 반드시 훌륭한 사람은 아니다.

有德者, 必有言. 有言者, 不必有德. 仁者, 必有勇. 勇者, 不必有仁.

_「憲問」5

아끼는 사람일수록 엄정하게 대처하라

자기가 아끼는 사람이라고 해서 힘든 일을 안 시킬 수 있겠는가? 정성을 기울여 받드는 사람이라고 해서 윗사람의 잘못을 고치도록 충언을 안 할 수 있겠는가?

愛之, 能勿勞乎. 忠焉, 能勿誨乎.

_「憲問」8

속이지 말라

공자의 제자 자로가 물었다. "최고지도자를 어떻게 모셔야 합니까? 그 섬기는 도리가 무엇입니까?" 공자가 말했다. "속이지 마라. 그리고 얼굴을 맞대고 덤빌 정도로 충실하게 충고하라!"

子路問, 事君. 子曰, 勿欺也, 而犯之.

_「憲問」23

미리 추측하지 말라

사람을 대할 때, 다른 사람이 나를 속일까 미리 넘겨짚지 말고, 다른 사람이 나를 믿지 않을까 억지 추측하지 말라. 대신, 다른 사람보다 그것을 먼저 깨닫는 사람이 현명한 인간이다.

不逆詐, 不億不信. 抑亦先覺者, 是賢乎.

_「憲問」33

삶을 훔치지 말라

어려서는 겸손하지 못하고, 어른이 되어서는 칭찬받을 만한 일도 없으며, 늙어서도 죽지 않고 아무 개념 없이 그냥 살고 있다면 삶을 훔치는 자이다.

幼而不孫弟, 長而無述焉, 老而不死, 是爲賊.

_「憲問」46

예의염치를 갖추어라

사람이 말을 할 때는 충실하고 믿음직스러워야 하고 행실에서는 두텁고 공손해야 한다. 그렇게 하면 예의염치라고 찾아볼 수 없는 야만인들의 땅에서도 사람의 도리가 행해질 것이다. 반대로 말이 충실하거나 믿음직스럽지 못하고, 행실이 두텁거나 공손하지 못하면, 자기가 사는 동네라고 한들, 무슨 행세를 하며 도리를 지킬 수 있겠는가? 일어서 있을 때는 말이 충실하고 믿음직스러운지, 행실은 두텁고 공손한지, 눈앞에 떠올려라. 수레를 타고 있을 때는 그것이 멍에에 걸려 있는 듯이 보아라. 그렇게 하면 사람의 도리는 저절로 행해질 것이다.

言忠信, 行篤敬. 雖蠻貊之邦, 行矣. 言不忠信, 行不篤敬. 雖州里, 行乎哉. 立則見其參於前也. 在輿則見其倚於衡也. 夫然後行. _「衛靈公」5

사람과 말씀을 잃지 말라

더불어 이야기할 만한데 그 사람과 더불어 말하지 않으면 그 사람을 잃는다. 더불어 이야기할 만하지 않은데 더불어 말하면 소중한 말씀을 잃는다. 지혜로운 사람은 사람도 잃지 않고 또한 말도 잃지 않는다.

可與言而不與之言, 失人. 不可與言而與之言, 失言. 知者, 不失人, 亦不失言. _「衛靈公」7

공동체의 도리를 지켜라

뜻있는 선비와 올바른 덕성을 지닌 사람은 개인적인 삶을 위해 공동체의 도리를 해치지 않는다. 자기의 몸을 바쳐서라도 공동체 사회의 도리를 지킨다.

志士仁人, 無求生以害仁. 有殺身以成仁.

_「衛靈公」8

원대한 꿈으로 미래를 생각하라

사람이 원대한 꿈을 지니고 먼 미래를 생각하지 않으면, 반드시 주변의 가까운 곳에 걱정거리가 생기기 마련이다.

人無遠慮, 必有近憂.

_「衛靈公」11

긍지를 갖되 편당을 만들지 말라

지성인은 긍지를 가지되 다투지 않는다. 함께 어울리되 편당을 만들지 않는다.

君子, 矜而不爭. 群而不黨.

_「衛靈公」21

말의 의미를 새겨라

지성인은 말만 잘한다고 해서 함부로 그 사람을 추천하지 않는다. 그 사람의 지위가 낮다고 해서 그가 한 의미 있는 말까지 버리지는 않는다.

君子, 不以言擧人. 不以人廢言.

_「衛靈公」22

타자를 배려하라

공자의 제자 자공이 물었다. "평생토록 지키고 행할 말, 한 마디만 해주십시오." 공자가 말했다. "그것은 아마 '타자 배려'일 것이다. 그러니까 자기가 하고 싶지 않은 것을 다른 사람에게 강요해서는 안 된다."

子貢問曰, 有一言而可以終身行之者乎. 子曰, 其恕乎. 己所不欲, 勿施於人.

_「衛靈公」23

작은 것에 대해 참을성을 기르라

간교한 말은 도덕성을 어지럽힌다. 작은 것을 참지 못하면 큰일을 그르치게 된다.

巧言亂德, 小不忍則亂大謀. _「衛靈公」26

자신이 직접 확인하라

여러 사람이 싫어하는 일일지라도 반드시 그것이 올바른 일인지 아닌지 살펴보고, 여러 사람이 좋아하는 일일지라도 반드시 그것이 올바른 일인지 아닌지 살펴보아야 한다. 매사에 의심나는 일이 있으면, 자기가 직접 확인할 필요가 있다.

衆惡之, 必察焉. 衆好之, 必察焉.

_「衛靈公」27

작은 일에 알맞게 대처하라

지성인은 자질구레한 작은 일은 잘 몰라도 크고 중대한 일은 맡을 수 있다. 일반 소시민들은 중대한 일을 맡을 수는 없으나 자질구레한 작은 일은 알 수 있다.

君子, 不可小知而可大受也. 小人, 不可大受而可小知也.

_「衛靈公」33

함부로 믿지 말라

지성인은 곧고 바르지만, 무턱대고 함부로 다른 사람을 믿지는 않는다.

君子, 貞而不諒.

_「衛靈公」36

이로움을 주는 것에 세 가지 사귐이 있고 해로움을 주는 것에 세 가지 사귐이 있다. 정직한 사람과 사귀고 진실한 사람과 사귀며 많이 듣고 아는 사람과 사귀면 유익하다. 알랑대면 비위맞추는 사람과 사귀고 줏대 없이 굽실대며 복종하는 사람과 사귀며 아첨하고 말 잘하는 사람과 사귀면 해롭다.

益者三友, 損者三友. 友直, 友諒, 友多聞, 益矣. 友便辟, 友善柔, 友便佞, 損矣.

_「季氏」4

조급하거나 대꾸하지 말며 낯빛을 살펴라

지도층 인사를 모시고 있을 때 세 가지 잘못을 저지르기 쉽다. 지도자가 말하기 전에 먼저 말하는 것을 조급함이라 한다. 지도자가 말을 했는데도 대꾸하지 않는 것을 감추는 것이라 한다. 지도자의 낯빛을 살피지도 않고 말하는 것을 분별이 없다고 한다.

侍於君子, 有三愆. 言未及之而言, 謂之躁. 言及之而不言, 謂之隱. 未見顔色而言, 謂之瞽.

_「季氏」6

공자의 제자 자장이 공자에게 올바른 덕성을 지닌 사람에 대해 물었다. 그러자 공자가 말했다. "다섯 가지를 세상에서 실천할 수 있다면 도덕성을 지녔다고 할 수 있다." 자장이 보다 자세히 일러줄 것을 요청하자, 공자가 말했다. "공손, 관용, 신뢰, 민첩성, 시혜이다. 공손하면 모욕을 당하지 않고, 관용을 베풀면 많은 사람들의 지지를 얻으며, 신뢰가 있으면 사람들이 신임하고, 게으르지 않고 민첩하면 일을 성취할 수 있으며, 은혜를 베풀면 사람을 충분히 부릴 수 있다."

子張問, 仁於孔子. 孔子曰, 能行五子於天下, 爲仁矣. 請問之. 曰 恭寬信敏惠. 恭則不侮, 寬則得衆, 信則人任焉, 敏則有功, 惠則足 以使人.

_「陽貨」6

공자의 제자 자공이 말했다. "지성인도 미워하는 것이 있습니까?" 공자가 말했다. "미워하는 것이 있다. 사람의 나쁜 점을 들추어내서 말하는 것을 미워하고, 아랫자리에 있으면서 윗자리에 있는 사람을 비방하고 헐뜯는 것을 미워하며, 용맹하게 날뛰면서 예의가 없는 것을 미워하고, 과감하지만 꽉

막혀 사리에 통하지 않는 것을 미워한다." 공자가 말했다. "자공, 자네도 미워하는 것이 있는가?" 자공이 대답했다. "남의 것을 엿보고 자기가 아는 것같이 하는 것을 미워하고, 겸손하지 않은 태도를 용감한 것으로 여기는 것을 미워하며, 사람의 비밀과 사생활을 폭로하면서 강직하다고 여기는 것을 미워합니다."

子貢曰, 君子亦有惡乎. 子曰, 有惡. 惡稱人之惡者, 惡居下流而訕上者, 惡勇而無禮者, 惡果敢而窒者. 曰, 賜也亦有惡乎. 惡徼以爲知者, 惡不孫以爲勇者, 惡訐以爲直者.

_「陽貨」24

다루기 어려운 사람을 파악하라

시녀나 하인과 같은 아랫사람은 다루기가 매우 어렵다. 조금만 친근하게 대하면 공손하지 않고, 조금만 멀리하면 원망을 하게 된다.

唯女子與小人, 爲難養也. 近之則不孫, 遠之則怨.

_「陽貨」25

조그마한 것도 고려하라

어떤 사람이 아주 보잘것없는 조그마한 기술을 가지고 있을

지라도, 한번 눈여겨 볼 필요가 있다. 하지만 원대한 뜻을 이루는 데 장애가 될 수도 있으므로 지도층 인사는 이를 무조건 배워서는 않는다.

雖小道, 必有可觀者焉. 致遠恐泥, 是以君子不爲也.

_「子張」4

잘못을 고칠 줄 아는 지도급 인사가 되라

정치지도자의 잘못은 하늘에서 일어나는 일식이나 월식과 같다. 잘못하면 사람들이 모두 보고, 잘못을 고치면 또 사람들이 모두 우러러본다.

君子之過也, 如日月之食焉. 過也, 人皆見之, 更也, 人皆仰之.

_「子張」21

사람의 언행에서
배우는 지혜

1. 명성 있는 사람에 대한 논평

사람은 사람을 통해 배운다. 인간이라면 누구나 장점과 단점이 있고, 공적과 과오가 있게 마련이다. 모든 영역에서 올바르기만 한 사람은 존재하지 않는다. 공자는 인간 사회의 희로애락을 정확히 직시하였다. 『논어』는 그것을 반영이라도 하듯이, 상당히 많은 부분을 인물 평가에 할애하고 교훈으로 삼으려고 한다.

그렇다면 사람에게 가장 중요한 평가는 무엇일까? '명성 名聲'이다. 세상에 이름을 드날리는 일을 말한다. 예를 들어보자. 어떤 사람이건 한 직장이나 한 부서, 고정된 자리에서 평생을 다할 수는 없다. 하나의 조직 공동체에서 정해진 직급에서 일생을 보낼 수는 없다. 어느 정도 일을 하다 여러 가지 요인으로 그 조직 공동체를 떠난다. 현대사회에서 평생직장은 존재하기 어렵다. 이때 조직 공동체를 떠나면서 무엇을 남기고 싶은가? 다름 아닌 좋은 평가, 바로 명성이다.

공자는 단호하게 말한다. "어떤 조직 공동체건, 그 지도자는 생명을 다할 무렵에 이름이 세상에 제대로 알려지지 않는 것을 아주 부끄럽게 여겨야 한다!"

명성이란 무엇인가? 일상에서 맡은 일만 하면 명성을 얻을 수 있는가? 그럴 수도 있다. 본분에 충실한 사람들이 그에 맞는 실적을 쌓는다면, 명성이 생길 수도 있다. 그러나 그것만으로 명성을 얻을 수 있는 것은 결코 아니다.

명성은 훌륭한 인품과 윤리 도덕에 기초한다. 『논어』에서 공자는 일관되게 인품과 윤리 도덕을 기준에 두고, 정치적 업적과 정의의 이름으로 사람을 가늠한다. 훌륭한 인품과 인격, 윤리 도덕을 갖춘 사람은 일상에서 실제 유용한 일을 했다. 그렇다고 일상에서 실제 유용한 일을 한 사람이 반드시 훌륭한 인품과 윤리 도덕을 지니고 있는 것은 아니다. 사람들이 일상생활에서 실제 유용한 일을 하는지의 여부를 보고, 훌륭한 인품과 윤리 도덕을 갖추었는지의 여부를 살피는 이유가 여기에 있다. 공자는 그것을 다음과 같이 비유하였다. "왜 천리마를 칭찬하는가? 그것은 말이 지니고 있는 단순한 힘 때문이 아니라 그 말의 덕성 때문이다."

명성과 아울러, 공자는 예의와 겸양을 갖춘 인물에 대해서도 칭찬을 아끼지 않는다. 순임금이나 우임금에 대해, 공자는 왜

"높고 높구나!"라고 하며, 그토록 존경해 마지않았던가? 세상을 다스리고 있으면서도 개인의 이익을 꾀하지 않았기 때문이다. 요임금에 대해, 순임금이나 우임금보다 훨씬 강력한 표현으로 "크구나! 높고 높구나!"라고 하며, 입이 닳도록 칭찬을 아끼지 않았는가? 예의로 나라를 다스리고 사람을 매우 사랑했기 때문이다. 우임금에 대해 왜 "흠잡을 데가 없다!"라고 했겠는가? 자신은 거친 음식을 먹으면서 조상을 정성껏 모시며 효도를 다하였고, 자신의 옷은 닳고 닳아 허름하면서도 예복은 깨끗하게 마련하여 예의를 갖추었으며, 자신의 집은 허물어지기 직전의 누추한 모습이었지만 사람들이 경작하는 논밭을 가꾸는데 온 힘을 쏟았기 때문이다.

이외에도 공자는 다양한 인물에 대해 그 됨됨이나 사람다움을 논의한다. 백이·숙제의 경우, 수양산에서 굶어 죽었는데도 지금까지 명성이 남아 있는 이유를 설명한다. 예의를 알고 절개를 지켰기 때문이라고. 그와 반대되는 인물에게는 여지없이 질타를 가한다. 장문중의 경우, 유하혜의 현명함을 알면서도 더불어 조정에 서지 않고, 자리를 훔치며 양보를 몰랐다고 배척한다. 제나라 경공이 사람들로부터 칭송받지 못한 이유도 끊임없는 탐욕과 가렴주구를 했기 때문이라고 간단하게 설명한다.

이처럼, 명성은 정치지도자나 최고경영자의 생명이다. 이때 명성을 담보하는 덕행은 명성의 영혼이다. 훌륭한 덕행을 갖추어야 인간의 삶이 정확한 방향을 지향할 수 있다. 조직 공동체의 지도자로서, 기업의 최고 경영자로서, 지도급 인사는 고상한 인품과 덕망을 갖출 때, 아름다운 이상과 신념을 견지할 수 있다. 조직 공동체가 지향하는 방향이 분명하면, 결코 흔들리지 않고 목표를 향해 나아갈 수 있다. 지도자의 훌륭한 덕행은 조직 공동체 구성원들이 우러러보는 하늘의 해와 달, 별로 반짝인다. 그러기에 구성원의 신뢰에 터하지 않은 권력은 아무리 크고 강할지라도, 구성원의 영혼에 감동을 줄 수 없다. 구성원 또한 진심으로 기쁘게 승복하지 않는다. 지도자의 훌륭한 덕행은 좋은 업적으로 이어지고, 명성의 기초가 된다.

공자가 다양한 인물 군상을 보여주는 이유도 여기에 있다. 지도자가 훌륭한 덕행으로 무장해야 사람들의 마음을 모을 수 있다. 지도자가 고상한 인품과 덕망을 갖추어야 그것이 권위로 표출되고, 그 권위를 모범으로 사람들이 본업에 충실할 수 있다. 그것은 정치나 경영의 성공으로 이어진다. 조직 공동체 사람들을 위한 정치와 복지를 성실히 시행해야 그들의 마음을 사로잡을 수 있다. 그것은 다름 아닌 조직의 구심력을 형성한다. 공동체의 응집력이 된다.

그러나 훌륭한 덕행은 말처럼 그리 쉽지만은 않다. 그것이 현실적 한계다. 공자는 그 한계를 절실히 체험했다. 그가 한탄하며 내뱉은 말이 현실 사회에서 인간의 덕행 상황을 보여준다.

"나는 보지 못했다. 훌륭한 덕성을 갖추는 데 힘쓰는 사람을. 대부분의 인간들은 현실적으로 이익이 되는 물질적 욕망으로 치닫는다!"

훌륭한 덕성을 갖추는 데 힘쓰는 지도자가 아주 드물거나 거의 없을 정도라는 것이 공자의 인식이다. 반면에 현실적 이익이나 욕망에 눈을 돌리는 사람은 부지기수다. 훌륭한 덕행과 현실적 유혹 사이에서 어떻게 살아야 하는가? 유학은 덕행을 요청한다. 그것이 실현되느냐 아니냐의 문제는 전적으로 정치 지도자와 최고경영자의 수양 여부에 달렸다.

지도자는 왜 이렇게 그에 맞는 덕성을 갖추고 덕행을 일삼아야 하는가? 그것은 지도자의 임무와 연관된다. '만사萬事가 인사人事'라는 말이 있다. 모든 일은 인재를 어떻게 다루느냐의 문제다. 그것은 현대사회에서도 흔적이 남아 있다. 사람을 등용할 때의 면접시험이 그것이다. 사람을 등용할 때의 핵심은 그가 어떤 사람인지를 제대로 알아보는 일이다. 공자가 『논어』에서 여러 사람을 사례로 들어 제자들에게 하나하나 구체적으로 설명해주는 이유가 여기에 있다.

그렇다면 사람을 알아보는 일은 어려운가? 어떤 사람을 정확하게 이해한다는 것은 정말 쉽지 않다. 똑똑하고 지혜로워서 일처리를 잘할 사람으로 보았으나 점점 멍청하고 바보처럼 일처리를 못하는 사람도 있고, 그 반대의 경우도 있다. 처음에는 매우 공손하게 허리를 굽실대며 '예스맨'처럼 모든 일을 도와줄 듯이 말하다가, 시간이 지나면서 제멋대로 행동하는 경우도 있다. 호랑이의 무늬는 그릴 수 있어도 그 속살이나 뼈는 그리기 힘들고, 사람의 외모는 얼핏 보고 파악할 수 있어도 속마음은 알기 어렵듯이, 사람을 안다는 것은 정말 힘든 문제다. '열 길 물속은 알아도 한 길 사람 마음은 알기 어렵다'는 속담을 떠올릴 만하다. 사람을 알아보지 못한 채, 배신의 상황은 일상에서는 물론 조직 공동체 생활의 곳곳에서 드러난다.

공자는 이런 심정을 자신의 경험을 통해 직설적으로 일러준다.

공자가 어느 날 제자 안회와 하루 종일 대화를 했다. 그런데 안회는 스승인 공자와 생각을 달리하거나 다른 의견을 전혀 제시하지 않았다. 아무리 스승과 제자 사이지만, 어떻게 생각과 의견이 조금의 차이도 없이 동일할 수 있는가? 바보가 아니고서야 어찌 이런 상황이 벌어질 수 있는가?

『논어』는 이 대목을 다음과 기록하고 있다.

공자가 말하였다. "내가 안회와 하루 종일 이런 저런 이야기를 나누었는데, 나의 의견에 어긋남이 없었다. 나는 심각히 생각해 보았다. '이 녀석이 진정 멍청이란 말인가? 나에게는 수제자나 다름없는 존재인데.' 그런데 나는 보았다. 안회는 나와 대화가 끝나고 물러나 자신의 행실을 성찰할 때, 나에게 배운 내용을 정확하게 실천하고 있었다. 안회는 절대 멍청이가 아니더라."

이 장면은 무엇을 상징하는가? 안회가 아무 생각 없이 스승의 말에 맹종하는 척하다가 배신하는 인간이 아니라는 의미다. 다시 그들의 대화 국면을 떠올려 보자. 종일토록 대화를 할 때, 멍청이 같던 안회에게서 공자는 새로운 면모를 발견한다. 안회가 단순한 바보 멍청이가 아니었다는 것을. 안회는 스승 공자의 생각을 이해했을 뿐만 아니라, 그것을 정확히 실천해 냈다. 안회가 멍청이 같은 행동을 보인 것은 공자의 사유를 깊이 이해하는 과정과 절차에 불과했다. 어리석음의 발로가 아니었다. 이는 공자가 제시한 다양한 인물상 가운데 하나의 사례에 불과하다.

현실 속에서 보라. 겉으로 빙긋이 웃으면서 속으로는 칼을 품고 있는 인간들, 배신의 음모들로 가득한 인간들이 얼마나 많은가! 『논어』에서 공자는 이런 인물들에 대해 솔직하게 논평

한다. 그것은 험악한 삶을 살아가기 위한, 자기 방어이자 제자들의 삶을 예비하는 장치였으리라.

다시, 고민해보자. 어떤 인물에 대해 논평한다는 작업은 무엇을 의도할까? 그것은 정당한 행위인가? 『논어』에서 공자는 많은 인물에 대해 논평했고, 그 평가는 일종의 교훈으로 전달된다. 인물을 평가할 때는 논평의 폭과 깊이만큼 그 사람에 대한 예의가 필요하다. 공자도 언급했듯이, 사람을 외모만으로 평가한다는 것은 위험하다. 다양한 경력, 환경, 취미, 삶의 목표 등이 다른 성격을 만들어내기 때문이다. 외향적인 사람도 있고 내성적인 사람도 있다. 활발한 사람도 있고 조용한 사람도 있다. 온순한 사람도 있고 강직한 사람도 있다. 민감한 사람도 있고 둔한 사람도 있다. 겉으로 보면 점잖지만 속으로는 사기성이 농후한 사람도 있다. 외모는 지도자급인데 내실이 없거나 행동은 조무래기 같은 사람도 있다.

공자가 살았던 춘추시대처럼 사회가 혼란스럽고 급격하게 환경 변화가 일어나는 시기에는 인간의 양상도 그만큼 다양하고 확연하게 드러난다. 한마음 한뜻으로 일을 하던 사람도 순간에 적이나 원수로 돌변할 수 있다. 혼돈의 도가니, 그 자체다. 악한 사람이 선한 사람과 뒤섞이다 보니 선악을 분별할 수 없는 지경이다.

그렇다하더라도 진지하게 고민해 보면, 사람을 구별하는 작업은 아주 쉬울 수도 있다. 길이 멀면 마력을 알 수 있고, 세월이 오래되다 보면 사람의 마음이 어떠한지 보인다. 때문에 공자는 단호하게 말한다.

"그 사람이 행하는 모습을 지켜보라! 그 사람이 그런 행동을 하는 이유를 헤아려 보라! 그 사람이 편안하게 생각하는 것이 무엇인지 따져보라!"

이렇게 하면, 그 사람이 어떤 인물인지 효과적으로 식별할 수 있다. 공자의 말을 하나씩 점검해 보자.

먼저, 그 사람이 행하는 모습을 지켜보라. 어떤 사람이 행하는 모습을 관찰하는 작업은 그가 어떤 일을 하며, 그 일을 하는 동기와 목적을 헤아려보는 것이다. 어떤 일을 하기 위해 부여하는 동기는 그 일을 하기 위한 수단을 결정한다. 중국 역사에서 한 사례를 들어보자. 희대의 간신이라 불리는 제나라 때의 역아는 권력에 눈이 멀었고, 최고 실권자 환공이 농담으로 한 번도 먹어 보지 못한 사람 고기의 맛이 궁금하다고 하자, 세 살난 자식을 죽여서 요리를 하여 바치는 엽기적인 모습을 보였다. 그러나 향락에 빠져있던 환공은 마냥 기뻐하기만 했다. 역아와 환공의 이 상황이 이해되는가? 문제는 간단하다. 환공이 역아라는 사람을 제대로 파악하지 못한 것이다. 사람을 파악하기 위해서는 그 사람이 무엇을 했는지 진지하게 성찰해야 한다. 더구나 그가 왜 그런 행동을 했는지 탐색해야 한다. 겉으로 드러난 현상만을 보고 혹한다면, 인간을 제대로 파악하지 못할 수도 있다. 역아의 충성에 환공은 감동했다. 그러나 환공은 역아의 쿠데타에 몰락하고 끝내는 죽어서 묻힐 곳도 없는 허망한 신세로 전락하고 말았다.

둘째, 그 사람이 그런 행동을 하는 이유를 헤아려 보라. 이는 그 사람이 왜 그런 행동을 하는지 언행의 일관성을 살펴보는 것이다. 공자의 지적처럼, 높은 관직에 있는 지도급 인사들이 왜 재물에 관심을 가질까? 단순하게 재물을 뺏고 훔치고 약탈한다면, 조무래기나 다름없다. 훌륭한 덕성을 지닌 정치지도자나 최고경영자는 그와는 다른 모습을 보인다. 재물을 마음대로 주무르는 것 같지만, 그 재물이 도리에 합당한지 고려한다. 흔히 말하는 견물생심見物生心이 아니라 견리사의見利思義다.

셋째, 그 사람이 편안하게 생각하는 것이 무엇인지 따져보라. 이는 일상생활에서 그 사람이 어떻게 수양하며 자신을 성숙시켜 왔는지의 여부와 연관된다. 사람들을 배신하면서 업적을 만들고, 세속적 이익을 얻는 데 혈안이 되고, 한 번 좋은 성과를 냈다고 자만하고, 사람을 무시하고, 자신의 생각대로 되지 않는다고 세상을 원망한다면, 조무래기나 마찬가지다. 이런 사람들은 쉽게 좌절하고, 어떤 일을 하다가 잘 안 되면 중도에 포기하고, 친구를 사귀면서 신뢰를 주기는커녕 배신을 하고, 의리를 저버릴 수도 있다.

공자는 수많은 사람을 직접 만나고 느끼면서 사람살이의 실제를 경험했다. 외로움 속에서도 강인한 사람, 고통 속에서도 달관한 사람, 일상 속에서도 고귀함을 유지하는 사람, 실패를 겪으면서도 자신을 일으켜 세우는 사람, 성공을 거두면서도 자만하지 않고 침착한 사람 등 수많은 인물의 인생 역정을, 오히려 지혜의 보고로 삼았다. 사람마다 지닌 인품과 성격, 그 뚜렷한 삶의 궤적을 누가 감히 의심할 수 있겠는가?

그 사람이 행동하는 모습! 그가 행동하는 까닭! 그 사람이 편안하게 여기는 일! 공자의 성찰처럼, 이 세 가지로 사람을 판단할 수 있다면, 누가 무엇을 어떻게 속일 수 있겠는가? 우리는 살아가면서, 여러 측면에서 인물을 논평하게 마련이다. 허나, 심사숙고해야 할 부분이 있다. 누군가를 논평할 때, 그 말하는 것은 이치에 합당하고 논리 전개도 완벽하다. 그러나 분명히 인식하라. 논평을 들을 때 그 말이 맞는 것 같을지라도, 논평이 끝났을 때는 반드시 맞는 것이라고 생각하지 말고 보다 신중을 기하라.

2. 언행에서 파악하는 메시지

같은 길을 가는 사람과 일을 도모하라

사람은 길이 같지 않으면 서로 도모하지 않는다.

道不同, 不相爲謀.

_「衛靈公」39

양심수를 다시 보라

공자가 제자 공야장의 사람 됨됨이를 다음과 같이 평가했다.
"공야장은 사위로 삼을 만한 인물이다. 포승줄에 묶여 감옥
에 갇힌 일이 있었지만, 그것은 그의 죄가 아니었다. 시대가
그렇게 만든 것이다." 그러고는 자신의 딸을 공야장에게 시
집보내고, 사위로 삼았다.

子謂公冶長. 可妻也. 雖在縲絏之中, 非其罪也. 以其子,
妻之.

_「公冶長」1

말재주를 부리지 말라

어떤 사람이 공자에게 말했다. "당신의 제자인 염옹은 포용력은 있으나 말주변이 없는 것 같습니다." 그러자 공자가 말했다. "말재주나 부리며 아첨하는 그런 주변머리를 어디다 쓰겠는가? 말주변으로만 사람을 대하면 항상 남에게 미움을 사게 된다. 나는 염옹이 포용력을 지녔는지 어쩐지는 모르겠다. 문제는 '말재주나 부리며 아첨하는 그런 주변머리를 지니고 있다면, 그걸 어디다 쓰겠는가?'이다."

或曰, 雍也, 仁而不佞. 子曰, 焉用佞. 禦人以口給, 屢憎於人. 不知其仁, 焉用佞.

_「公冶長」4

자신을 성찰하며 겸손하게 행동하라

공자가 제자 칠조개에게 공직자가 될 것을 권유했다. 그러자 칠조개는 다음과 같이 겸손하게 대답했다. "선생님, 저는 아직 공직자가 될 자질을 갖추지 못했습니다." 이에 공자는 기뻐하며 흡족해 했다.

子, 使漆雕開仕. 對曰, 吾斯之未能信. 子說.

_「公冶長」5

일을 도모할 때는 세세한 부분까지 고려하라

하루는 공자가 이렇게 말했다. "우리가 살아가는 세상이 사람다운 삶을 누릴 수 있도록 최소한의 길이 보여야 하는데, 그런 희망이 없다. 나는 이제 뗏목이나 타고 저 넓고 넓은 바다로 떠다니려 한다. 이때 나를 따라올 제자는 저 용맹하고 언제나 나를 호위해주는 자로가 아닐까 생각한다." 자로가 이 말을 듣고 기뻐했다. 그러자 공자가 말했다. "자로는 용맹스러움이 나를 능가한다. 하지만, 뗏목 만들 재료를 구하거나 세세한 일까지 온전하게 신경을 쓰지 못하는 단점이 있다!"

子曰, 道不行, 乘桴, 浮于海. 從我者, 其由與. 子路聞之, 喜. 子曰, 由也, 好勇過我, 無所取材.

_「公冶長」6

아랫사람의 능력을 정확히 파악하라

자로는 1,000대 정도의 전차를 보유할 수 있는 나라의 중앙 무대에서 국방장관이나 국세청장 정도의 자리를 맡아 정치를 할 수 있는 지도자급 인물이다. 하지만 그보다 큰 포용력을 지니고 있는지는 모르겠다. 염구는 1,000가구 정도의 큰 읍이나 100대 정도의 전차를 보유할 수 있는 나라의 지도자

(오늘날로 말하면 구청장이나 중소 도시의 시장, 군수)와 같은 자리를 맡아 정치를 할 수 있는 인물이다. 하지만 그보다 큰 포용력을 지니고 있는지는 모르겠다. 공서적은 지도자의 참모가 되어 예복을 갖추고 찾아온 손님들을 접대할 정도로 실무에 능숙하다. 하지만 그보다 큰 포용력을 지니고 있는지는 모르겠다.

由也, 千乘之國, 可使治其賦也. 不知其仁也. 求也, 千室之邑, 百乘之家, 可使爲之宰也. 不知其仁也. 赤也, 束帶立於朝, 可使與賓客言也. 不知其仁也.

_「公冶長」7

썩은 나무에는 조각할 수 없음을 알라

공자의 제자 재여가 낮잠을 자고 있었다. 그러자 공자가 다음과 같이 말했다. "썩은 나무에는 조각할 수 없고, 거름으로 쓰기 위해 썩힌 흙으로 쌓은 담장에는 흙손질할 수가 없다. 재여 같은 인간을 꾸짖어서 무엇 하겠는가?" 그리고 또 공자가 말했다. "나는 처음 사람을 만났을 때, 신뢰로 대한다. 때문에 대부분 그 사람의 말을 듣고 그 사람의 행실을 믿는다. 하지만 살다보니 신뢰가 무너질 때가 많다. 이제는 사람을 만나면 그 사람의 말을 듣고 그 사람의 행실을 다시 한 번 살

피게 되었다. 재여의 저런 행동이 나의 행동을 이렇게 바꾸
었다!"

宰予晝寢. 子曰, 朽木, 不可雕也, 糞土之牆, 不可杇也. 於予與, 何
誅. 子曰, 始吾於人也, 聽其言而信其行. 今吾於人也, 聽其言而觀
其行. 於予與, 改是.

_「公冶長」9

다른 것을 배우기 전에 이전에 배운 것을 실천하라

자로는 이전에 가르침 받았던 내용을 아직까지 실행하지 못
하고 있을 경우, 새로운 가르침을 더 듣게 될까 봐 두려워
했다.

子路, 有聞, 未之能行, 唯恐有聞.

_「公冶長」13

오래된 친구를 존중하고 공경하라

안평중은 사람들과 잘 사귄다. 그 사귐이 오래될수록, 친구
를 존중하고 공경하는 마음을 바꾸지 않았다.

晏平仲, 善與人交, 久而敬之.

_「公冶長」16

위나라의 정치가 영무자는 나라가 잘 다스려질 때는 지혜를 발휘하여 현실 정치에 참여했다. 나라가 어지러울 때는 어리석은 척하며 정치 일선에서 물러났다. 잘 다스려질 때 현실 정치에 참여하는 것은 영무자가 그런 것처럼 따라할 수 있다. 그러나 어지러울 때 정치 일선에서 멋대로 쉽게 물러나는 일은 따라 하기 어렵다.

甯武子, 邦有道則知. 邦無道則愚. 其知, 可及也. 其愚, 不可及也.
_「公冶長」20

자로는 배짱이 있다. 자공은 사리에 두루 밝다. 염유는 재능이 뛰어나고 재주가 많다. 이들에게 정치를 맡겨도 큰 문제는 없다.

由也, 果. 賜也, 達. 求也, 藝. 於從政乎, 何有.
_「雍也」6

참으로 현명하구나, 안회여! 대나무 그릇에 담은 한 그릇의 밥을 먹고, 표주박에 담은 한 종지 물을 마시며, 누추한 골목

에 살고 있다. 보통 사람들은 이런 삶을 괴로워하며 견디기
힘들어 하건만, 안회는 그런 상황을 인정하고 수용하며 오히
려 즐거워 하니, 참으로 현명하구나, 안회여!"

賢哉, 回也. 一簞食, 一瓢飮, 在陋巷. 人不堪其憂, 回也, 不改其
樂. 賢哉, 回也.

_「雍也」9

공평무사한 사람을 등용하라

공자의 제자 자유가 노나라 도성 아래에 위치한 무성의 지도
자가 되었다. 지도자가 된 지 조금 지난 후에 공자가 물었다.
"자네, 정치를 하는데, 자네를 도와줄 수 있는 쓸 만한 인재
를 구했는가?" 자유가 대답했다. "예, 담대멸명이라는 사람
이 있습니다. 그는 남들의 눈을 피해 좁은 샛길로 다니지 않
고, 공무가 아니면 제 집무실에 들어오는 일이 없습니다."

子游爲武城宰. 子曰, 女得人焉爾乎. 曰, 有澹臺滅明者, 行不由
徑, 非公事, 未嘗至於偃之室也.

_「雍也」12

자기 자랑을 접고 동료를 보호하라

노나라의 정치가 맹지반은 어떤 일을 성취해도 자기가 공

을 세웠다고 자랑하지 않는다. 전투에서 패배하여 후퇴할 때
는 맨 뒤에서 묵묵히 적을 막으며 동료들을 보호하고, 안전
한 지역인 성문으로 들어올 무렵에는 자기가 탄 말을 채찍질
하면서 이렇게 말했다. "일부러 뒤 처지려고 한 것이 아니라,
이놈의 말이 제대로 달리지 않아 처진 것이라네."

孟之反, 不伐. 奔而殿, 將入門, 策其馬, 曰非敢後也, 馬不進也.
_「雍也」13

사람을 함부로 평가하지 말라

500가구쯤 되는 달항이라는 마을에 사는 어떤 사람이 말했
다. "공자는 참으로 위대한 분이다. 하지만 그렇게 박학다식
하면서도 어떤 특출한 분야에서 명성을 날리지 못하고 있으
니, 참으로 안타깝다." 공자가 이런 소식을 듣고 제자들에게
말했다. "내가 한번 한 가지 일을 전문으로 해 볼까? 말고삐
를 잡고 수레 모는 일을 할까? 활을 잡고 쏘는 일을 할까? 남
의 머슴처럼 가장 천한 일에 속하는 말고삐를 잡고 수레 모
는 일을 하여 한번 명성을 날려 보지 뭐!"

達巷黨人曰, 大哉, 孔子, 博學而無所成名. 子聞之, 謂門弟子曰,
吾何執, 執御乎, 執射乎, 吾執御矣.
_「子罕」2

젊어서 고생을 삶의 디딤돌이 되게 하라

오나라의 정치가 비가 공자의 제자인 자공에게 물었다. "그대의 스승인 공자는 훌륭한 사람인가? 어찌 그렇게 다재다능하신가?" 자공이 말했다. "정말이지, 하늘이 낸 훌륭한 분이십니다. 또 본래 잘하는 것이 많으십니다." 이를 듣고 공자가 말했다. "태재 벼슬을 하는 비가 나를 아는 것 같구나! 나는 어렸을 때 보잘것없는 미천한 존재였다. 자질구레하고 남들이 잘 하지 않는 천박한 일들을 많이 했다. 그래서 다재다능한 것처럼 보일 수 있다. 훌륭한 사람이라고 해서 모두가 다재다능해야 하는가? 반드시 그럴 필요는 없다."

大宰問於子貢曰, 夫子聖者與, 何其多能也. 子貢曰, 固天縱之將聖, 又多能也. 子聞之曰, 大宰知我乎. 吾少也賤, 故多能鄙事. 君子, 多乎哉, 不多也.

_「子罕」6

삶에 필요한 기예를 수시로 익혀라

공자의 제자 자장이 말했다. "언젠가 선생님께서는 이렇게 말씀하신 적이 있다. '나는 관직에 등용되지 못했다. 그래서 생활을 위해 여러 가지 재주와 기예를 많이 배우고 익혔다. 그런 경험이 나를 다재다능하게 만들었다.'라고."

牢曰, 子云, 吾不試, 故藝.

_「子罕」6

자신의 자리를 제대로 이해하고 본분을 다하라

고향 마을인 향당에 있을 때는 누구에게나 공손하고 성실하게 대하며 말도 잘 못하는 것처럼 처신한다. 그러나 정치를 논의하는 자리인 종묘나 조정에 있을 때는 말을 정확하고 분명하게 하고 신중한 태도로 일관한다.

鄕黨, 恂恂如也, 似不能言者. 其在宗廟朝廷, 便便言, 唯謹爾.

_「鄕黨」1

지위와 직책에 따라 언어와 용모를 달리하라

최고지도자가 조회하기 전, 지위가 조금 낮은 관리와 이야기할 때는 강직하게 하고, 지위가 조금 높은 관리와 이야기할 때는 온화하면서도 옳고 그름을 분명하게 따진다. 최고지도자 앞에서는 최고의 예우를 표하며 함부로 결단하지 못하는 태도로 어려워한다.

朝與下大夫言, 侃侃如也, 與上大夫言, 誾誾如也. 君在, 踧踖如也, 與與如也.

_「鄕黨」2

간단명료하게 일을 처리하라

한 마디 짧은 말로써 재판에서 판결을 내릴 수 있는 사람은 자로밖에 없을 것이다. 자로는 승낙한 것을 미루는 일이 없었다.

片言, 可以折獄者, 其由也與. 子路, 無宿諾.

_「顔淵」 12

외부 조직과 관련된 일은 특별히 신중을 기하라

정나라에서는 외교 문서를 작성할 때, 4단계에 걸쳐 신중하게 처리한다. 비심이 초안을 만들고, 세숙이 내용을 검토하고, 외교관인 자우가 문장을 수정하고, 동리에 살던 자산이 글을 아름답게 다듬었다.

爲命, 裨諶, 草創之, 世叔, 討論之, 行人子羽, 修飾之, 東里子産, 潤色之.

_「憲問」 9

공평하고 엄중하게 정치를 실행하라

관중은 뛰어난 정치가다. 제나라의 권력자이던 백씨가 소유했던 병읍 지역의 300호나 되는 땅을 몰수했다. 그 후 백씨는 서민들처럼 거친 음식을 먹으며 빈궁하게 살다가 죽었으나 관중을 원망하는 말을 하지 못했다.

管仲, 人也. 奪伯氏, 騈邑三百. 飯疏食沒齒, 無怨言.

_「憲問」10

꼭 필요한 언행을 실천하라

공자가 위나라 사람 공명가에게 위나라의 정치가 공숙문자
가 어떤 사람인지 물었다. "정말로 공문숙자는 말이 없고 웃
지도 않으며 재물을 함부로 취하지 않는가?" 공명가가 대답
했다. "누가 그렇게 말했는지 모르겠으나 말을 전한 사람이
잘못 말한 것 같습니다. 공숙문자는 말이 없었던 것이 아니
라 꼭 말해야 할 때 말을 하므로, 사람들이 그의 말을 싫어하
지 않았습니다. 웃지 않았던 것이 아니라 진정으로 즐거울
때 웃었으므로, 사람들이 그의 웃음을 싫어하지 않았습니
다. 재물의 경우, 그것을 취해도 정당하다는 것을 안 뒤에
취하였으므로, 사람들이 그가 취하는 것을 싫어하지 않았
습니다."

子問公叔文子於公明賈曰, 信乎夫子, 不言不笑不取乎. 公明賈對
曰, 以告者過也. 夫子時然後言, 人不厭其言. 樂然後笑, 人不厭其
笑. 義然後取, 人不厭其取.

_「憲問」14

강요하거나 협박하지 말라

공자가 말했다. "노나라의 정치가 장무중이 자신의 영지인 방읍을 거점으로 삼아 자기의 후계자를 세우겠다고 노나라 임금에게 요청했다. 사람들은 이런 사실을 두고 임금에게 강요하거나 협박했다고 하지 않는다. 하지만 나는 그렇게 믿지 않는다."

子曰, 臧武仲, 以防, 求爲後於魯. 雖曰不要君, 吾不信也.

_「憲問」15

속임수를 쓰지 말라

공자가 말했다. "진나라의 문공은 속임수를 쓰고 올바른 방법을 쓰지 않았다. 제나라의 환공은 올바른 방법을 쓰고 속임수를 쓰지 않았다."

子曰, 晋文公, 譎而不正. 齊桓公, 正而不譎.

_「憲問」16

힘으로 정벌하지 말라

공자의 제자 자로가 말했다. "제나라의 환공이 공자 규를 죽이자, 소홀과 관중은 자기가 모시던 지도자 규의 죽음에 대해 정반대의 태도를 취했습니다. 소홀은 규를 따라 죽었고,

관중은 규를 따라 죽지 않았습니다. 관중은 형편없는 사람이 아닙니까?" 공자가 말했다. "환공은 제후들을 규합할 때 무력을 쓰지 않았다. 이는 관중의 힘 때문이었다. 이 정도면 관중도 괜찮은 사람 같은데. 괜찮은 사람 같지 않은가!"

子路曰, 桓公殺公子糾, 召忽死之, 管仲不死. 曰未仁乎. 子曰, 桓公九合諸侯, 不以兵車, 管仲之力也. 如其仁, 如其仁.

_「憲問」17

어떤 행동을 하건 사람들에게 은택을 베풀어라

관중은 제나라 환공을 도와 당시 지도자 중에서도 가장 강력한 지도자가 되게 하여 세상을 바로잡는 데 크게 기여했다. 그리하여 사람들이 오늘날에 이르기까지 그 혜택을 받고 있다. 관중이 아니었다면, 우리는 머리를 풀어 헤치고 야만족처럼 옷섶을 왼쪽으로 여미었으리라. 관중의 행동이, 어찌 보잘것없는 일반 사람들이 하찮은 신의를 지킨다고 스스로 개천에서 목매어 죽어도 아무도 알지 못하는 것과 같겠는가?"

管仲相桓公霸諸侯, 一匡天下. 民到于今, 受其賜. 微管仲, 吾其被髮左衽矣. 豈若匹夫匹婦之爲諒也, 自經於溝瀆而莫之知也.

_「憲問」18

곧고 겸손한 사람을 본받으라

위나라의 정치가인 사어! 참으로 곧은 사람이다. 나라가 질
서 있게 다스려져도 화살처럼 곧게 행하고, 나라가 혼란스러
워 다스려지지 않아도 화살처럼 곧게 행한다. 위나라의 정치
가인 거백옥! 참으로 훌륭한 사람이다. 나라가 질서 있게 다
스려지면 관직에 나아가고, 나라가 혼란스러워 다스려지지
않으면 관직에서 물러나 자신의 재능을 거두어 간직해 둔다.

直哉, 史魚. 邦有道, 如矢. 邦無道, 如矢. 君子哉, 蘧伯玉. 邦有道
則仕, 邦無道則可卷而懷之.

_「衛靈公」6

현명한 사람을 함께 등용하라

노나라의 정치가 장문중은 벼슬자리를 도둑질하는 사람이
다. 유하혜가 현명한 사람인 줄 알면서도 자기와 함께 벼슬
자리에 있게 하지 않았다.

臧文仲, 其竊位者與. 知柳下惠之賢而不與立也.

_「衛靈公」13

올바른 정치에 참여하라

노나라의 정치가 계씨의 가신 중에 무도한 성격을 지닌 양화

라는 자가 있었다. 어느 날 양화가 공자를 만나려 하였으나 공자가 만나주지 않았다. 그러자 양화가 공자에게 삶은 돼지고기를 선물로 보내왔다. 이에 공자는 양화가 집에 없는 틈을 타서 사례를 하려고 그의 집으로 갔다. 그런데 공교롭게도 가는 도중에 길에서 양화를 만났다. 양화가 공자에게 말했다. "이리 오시오. 내 당신에게 할 말이 있소! 당신은 훌륭한 학식과 인품이라는 귀중한 보배를 지니고 있습니다. 지금 나라가 혼란에 빠져 있는데도 구하지 않고 내버려 두는데, 이를 두고 지도적 인품을 지녔다고 할 수 있겠소? 아닐 것이오. 정치에 참여하고 싶으면서도 자주 때를 놓치는데, 이를 지혜롭다 할 수 있겠소? 아닐 것이오. 시간은 지나가고 세월은 우리를 기다려주지 않습니다." 이에 공자가 말했다. "알았소이다. 내 한번 생각해 보고 정치 참여를 고민해 보겠습니다."

陽貨欲見孔子, 孔子不見. 歸孔子豚. 孔子時其亡而往拜之. 遇諸途. 謂孔子曰來, 予與爾言, 曰懷其寶而迷其邦, 可謂仁乎. 曰不可. 好從事而亟失時, 可謂知乎, 曰不可. 日月逝矣, 歲不我與. 孔子曰, 諾, 吾將仕矣.

_「陽貨」1

은나라의 마지막 지도자 주왕의 이복형인 미자는 포악무도한 주왕에게 충고를 했으나 듣지 않자 은나라를 떠나갔다. 주왕의 큰아버지인 기자는 충고를 해도 듣지 않자 노예처럼 행세하며 숨어 지냈다. 주왕의 작은 아버지인 비간은 끝까지 충고하다가 무참하게 죽었다. 공자가 말했다. "이처럼 혼란하던 은나라 말기에 세 명의 덕성을 갖춘 지도층 인사가 있었다."

微子, 去之. 箕子, 爲之奴. 比干, 諫而死. 孔子曰, 殷有三仁焉.

_「微子」1

굳게 도리를 지키라

노나라 정치가 유하혜가 노나라의 재판관이 되었다가 세 번이나 자리에서 쫓겨났다. 어떤 사람이 물었다. "자네, 세 번이나 관직에서 쫓겨났는데, 차라리 이 나라를 떠나는 게 낫지 않겠는가?" 그러자 유하혜가 말했다. "도리를 곧게 지키며 사람을 섬기면 어느 나라에 간들 세 번 쫓겨나지 않겠는가? 도리를 굽히고 접으며 사람을 섬기면 지도층과 영합하여 잘살 수 있는데, 어찌 내가 태어난 조국을 떠날 필요가 있겠는가?"

柳下惠, 爲士師, 三黜. 人曰, 子未可以去乎. 曰, 直道而事人, 焉往
而不三黜. 枉道而事人, 何必去父母之邦.

_「微子」2

주변 사람들의 말에 휘둘리지 말라

제나라의 지도자 경공이 공자를 초빙할 경우 어떻게 대우할
것인지 논의할 때, 다음과 같이 말했다. "노나라의 최고위 지
도층인 계씨처럼 대우할 수는 없지만, 계씨와 그 아래 고위
지도층인 맹씨의 중간 정도로 대우하겠다." 그러나 경공은
나중에 그것을 번복하며 이렇게 말했다. "내가 너무 늙어서 공
자를 등용해 쓸 수 없다." 이에 공자는 즉시 제나라를 떠났다.

齊景公, 待孔子曰, 若季氏則吾不能, 以季孟之間, 待之. 曰, 吾老
矣, 不能用也. 孔子行.

_「微子」3

미인계에 빠지지 말라

제나라 사람이 노나라의 집권층을 타락시키기 위해 미인들
로 구성된 가무단을 보내왔다. 노나라의 실권자인 계환자가
이를 받아들이고, 참모들과 함께 즐기며 사흘간 조회를 열지
않았다. 그러자 공자가 노나라를 떠났다.

齊人, 歸女樂. 季桓子, 受之, 三日不朝. 孔子, 行.

_「微子」4

은둔해 있는 인재의 사람 됨됨이를 참고하라

초야에 은둔한 인재로는 백이, 숙제, 우중, 이일, 주장, 유하
혜, 소련 등 일곱 사람을 꼽을 수 있다. 공자가 말했다. "자기
의 뜻을 굽히지 않고, 자기의 몸을 욕되게 하지 않은 사람은
백이와 숙제일 것이다." 유하혜와 소련에 대해서는 다음과
같이 평했다. "이들은 둘 다 뜻을 굽히고 몸을 욕되게 했다.
그러나 말이 의리에 맞고 행실이 생각과 일치하였으니, 이런
점에서 괜찮았다." 우중과 이일에 대해서는 다음과 같이 평
했다. "은둔해 살면서 큰소리를 치기도 했다. 그러나 몸가짐
이 청렴하였고 세상을 버리고 은둔하는 시기가 적절했다."
그러나 나는 이들과 다르다. 할 수 있는 것도 없고 할 수 없
는 것도 없다.

逸民, 伯夷, 叔齊, 虞仲, 夷逸, 朱張, 柳下惠, 少連. 子曰, 不降其
志, 不辱其身, 伯夷叔齊與. 謂柳下惠少連, 降志辱身矣. 言中倫,
行中慮, 其斯而已矣. 謂虞仲夷逸, 隱居放言. 身中淸, 廢中權. 我
則異於是, 無可無不可. _「微子」8

포용력을 갖추어라

자유가 말했다. "나와 동문수학한 친구 자장은 어려운 행동을 잘한다. 그러나 포용력을 갖추지는 못했다."

증자가 말했다.

"당당하도다, 자장이여! 하지만 함께 사람을 사랑하며 포용하는 일을 하기는 어렵겠다."

子游曰, 吾友張也, 爲難能也, 然而未仁. 曾子曰, 堂堂乎, 張也, 難與並爲仁矣.

_「子張」15, 16

사람들을 위한 정치를 하라

노나라의 정치가 맹손씨가 증자의 제자인 양부를 재판관으로 등용했다. 그러자 양부가 증자에게 와서 자문을 구했다. 이에 증자가 말했다. "정치지도자들이 실정을 하여 사람들이 뿔뿔이 흩어진 지 오래되었다! 네가 사람들의 범죄 상황이 어떠한지 조사하여 그 실정을 알게 된다면, 그들을 불쌍히 여기고 죄상을 밝혀냈다고 기뻐하지 말라."

孟氏, 使陽膚, 爲士師. 問於曾子, 曾子曰, 上失其道, 民散久矣, 如得其情則哀矜而勿喜.

_「子張」19

노나라의 정치가 숙손무숙이 조정에서 다른 관리들에게 말했다. "자공이 공자보다 똑똑합니다." 이 말을 노나라의 정치가 자복경백이 자공에게 전하자, 자공이 말했다. "궁궐 담장에 비유하겠습니다. 저 자공의 담장은 어깨 정도의 높이에 해당합니다. 때문에 담장 너머로 궁궐 안의 방이나 집 구조의 아름다움을 엿볼 수 있습니다. 하지만 우리 선생님 공자의 담장은 몇 길이나 되는 높은 담장입니다. 대문을 통해 안으로 들어가지 못하면 궁궐 안에 있는 종묘의 아름다움과 여러 관리들의 다양하고 풍부한 학덕을 볼 수 없습니다. 그런데 그 대문으로 들어간 사람이 별로 없습니다. 때문에 공자의 높은 경지를 모르는 숙손무숙의 말이 또한 마땅하지 않겠습니까?"

叔孫武叔, 語大夫於朝曰, 子貢, 賢於仲尼. 子服景伯, 以告子貢. 子貢曰, 譬之宮牆, 賜之牆也及肩, 闚見室家之好. 夫子之牆, 數仞. 不得其門而入, 不見宗廟之美, 百官之富. 得其門者, 或寡矣. 夫子之云, 不亦宜乎.

_「子張」 23

숙손무숙이 공자의 가르침을 헐뜯고 욕하며 비방했다. 그러자 자공이 그에게 말했다. "그러지 마시오. 그래 봐야 소용이 없습니다. 선생님은 헐뜯을 수 없는 분입니다. 다른 사람의 현명함은 언덕과 같아서 대부분 넘을 수 있습니다. 하지만 공자는 저 하늘의 해와 달 같아서 어떤 누구도 그 분을 넘을 수 없습니다. 사람들이 스스로 선생님의 가르침을 거절한다고 해도, 어찌 해와 달 같은 선생님의 가르침에 손상을 미칠 수 있겠습니까? 도리어 비방하는 사람이 자신이 분수를 헤아리지 못함을 보이는 짓일 뿐입니다."

叔孫武叔, 毁仲尼. 子貢曰, 無以爲也. 仲尼, 不可毁也. 他人之賢者, 丘陵也, 猶可踰也. 仲尼, 日月也, 無得而踰焉. 人雖欲自絶, 其何傷於日月乎. 多見其不知量也.

_「子張」24

자공의 제자 진자금이 자공에게 말했다. "선생님이 겸손하게 말해서 그렇지, 공자가 어찌 선생님보다 현명하겠습니까?" 자공이 말했다. "지도층 인사는 한 마디 말로 지혜롭게 되기도 하고, 한 마디 말로 지혜롭지 않게도 된다네. 말은 삼가고 삼가야 한다네. 우리 선생님 공자에게 미칠 수 없는 것은 하늘을 사다리로 오를 수 없는 것과 같다네. 선생님이 나라를 맡아 다스린다면, 옛말에도 있는 것처럼 다음과 같이 할 것일세. '사람다운 생활을 하게 분위기를 만들어주어 사람들이 나가서 일을 하고, 도덕을 실천하도록 가르쳐준다. 사람들이 올바르게 행동하며 따르고 편안하게 살게 하여 사람들이 모여들게 한다. 저마다 활동할 수 있게 격려하여 서로 어울리게 한다. 살아 있을 때는 서로 존중하여 영광으로 여기고, 죽으면 서로 슬퍼하게 한다.' 경지가 이러한데 어찌 다른 사람이 우리 선생님 공자에 미칠 수 있겠는가?"

陳子禽, 謂子貢曰, 子爲恭也, 仲尼, 豈賢於子乎. 子貢曰, 君子一言, 以爲知, 一言, 以爲不知. 言不可不愼也. 夫子之不可及也, 猶天之不可階而升也. 夫子之得邦家者, 所謂立之斯立, 道之斯行. 綏之斯來. 動之斯和. 其生也榮. 其死也哀. 如之何其可及也.

_「子張」25

자연, 인간, 그리고 사회의 삼중주 경영

일반적으로 공자를 유학의 창시자라고 한다. 그것은 중국 고대 춘추시대에, 그 이전의 사상을 재편집하여 유학의 내용을 처음으로 집대성한 사상가가 공자이기 때문에 그러하다. 유학을 영어로 콘퓨시어니즘Confucianism이라고 하는 이유도 거기에 있다. 공자, 즉 공부자孔夫子의 중국 발음인 '콩푸쯔Kongfuzi'를 발음 그대로 옮겨 영어로 표기한 것이 바로 콘퓨시어니즘Confucianism, 유학이다. 『논어』는 다름 아닌 유학 사상의 알맹이, 공자의 사유를 담고 있는 결정체다. 이러한 『논어』와 공자의 삶에 터하여, 현대 중국의 저명한 철학자인 장리원張立文은 유학의 특성을 다음과 같이 정돈한다.

첫째, 유학은 공동체주의共同體主義를 대변하는 문화다. 인간은 좁은 의미에서는 가정, 넓은 의미에서는 국가라는 조직 공동체에서 나름대로의 지위를 지니고 있다. 공동체를 중시하는 가치 관념은, 개인의 권리보다 의무를 중시한다. 개인의 이익보다 공동체의 이익을 앞세운다. 개체의 가치는 전체 가치를 통해서만 체현된다. 공동체주의는 개인이 가족이나 조직, 또는 국가라는 전체를 통해 자신의 존재 의의를 드러내는 생활양식을 형성했다. 개인의 의지나 감정 또한 공동체와의 관계 가운데 표출되었다. 그것은 개인의 가치나 이익, 개성을 상당수 희생하는 결과를 가져오기도 했다. 반면, 국가와 민족이라는 공동체의 지속적 생명력을 이어가는 숭고한 정신을 낳기도 했다. 이때 공동체에 내재된 가치는 공동체 의식이다. 공동체 의식은 개체 의식의 융화이자 한 조직 공동체의 공통 의식이다. 그것은 공동체의 실천적 요구에 부응하여 공동체 사회의 질서와 이익을 옹호하는 데서, 의의와 가치를 꽃피운다.

둘째, 유학은 인간人間을 중심으로 하는 문화다. 유학은 인간의 생명과 생존을 중시한다. 인간을 만물의 영장으로 인식하고 자연과 사회의 중심으로 간주한다. 인간은 역사의 창조자이고 문화의 주체다. 문화는 주체인 인간을 통해 그 역할과 기능을 구현한다. 유학은 위로는 하늘을 아래로는 땅을 끌어안으며 인간을 그 무게중심에 둔다. 인간을 핵심으로 천지를 연결하고 온전한 우주 세계를 구성한다. 천지는 사람의 마음을 마음으로 삼는다. 사람과 관계하지 않는 천지만물은 객관적 자연 존재에 불과할 뿐, 어떤 가치도 의의도 없는 것으로 인식된다. 인간은 자신을 중심으로 자연과 사회를 제어하고, 인간의 주도면밀한 안배에 따라 자연과 사회 각 방면의 작용과 기능을 발휘하게 한다. 그리고 인간만이 과학 기술문명을 통해 지속적으로 자아를 창조할 수 있다. 자아 창조는 인간에게 잠재된 창조성을 발휘할 수 있게 한다.

셋째, 유학은 화합和合을 중시하는 인문 정신이다. 이 우주와 천지 만물은 질서를 지니고 있다. 그것은 이법의 세계이자 이치이고 법칙이다. 인간은 자연과 사회, 그리고 다른 인간과의 관계를 화해和諧로 풀어가려고 노력한다. 우주 자연의 천지 만물, 인간의 일상, 사회 정치 관계 등은, 발생하는 순간부터 충돌과 갈등, 융합의 격랑을 헤쳐 나온 것일 수 있다. 인간과 우주 자연의 관계에서 볼 때, 인간은 자연을 정복하는 대상으로 인식하지 않는다. 우주 자연과 인간은 제 각기 직분을 다하며 상호 참여할 뿐이다. 인간 사회의 차원에서도 마찬가지다. 사람 사이의 화합은 사회의 전반적 관계를 고려하며 인류의 응집력을 갖추게 한다. 그러므로 화합은 사회를 안정시키는 '조절이라는 보약'인 동시에 사회를 분열시키지 않게 만드는 '통합이라는 양약'이다.

넷째, 유학은 어른과 스승, 최고지도자와 경영자를 존중하고 학문을 중시한다. 앞에서 자세하게 언급했듯이, 『논어』의 첫머리는 학습學習을 화두로 삼았다. 그것은 유학이 학문을 축으로 일생의 공부를 염원하는 사유 구조를 지녔다는 강력한 암시이자 선언이다. 유학을 전통 사유의 핵심으로 하는 한국 사회만 보더라도, 자녀교육은 물론이고 사회 곳곳에서 다양한 양태의 학문 열풍이 수시로 불어온다. 그것은 세계 최고의 교육열 현상을 낳았다. 학문을 중시하고 융성시키려는 노력은 문명국으로서의 뿌리를 확인시켜 준다. 쉽게 단정할 수는 없지만, 그 저력이 세계 역사상 유래가 없는 정치 경제적 발전을 최단 기간에 이루는 현재 대한민국의 모습으로 거듭난 것이리라.

다섯째, 유학은 문화적 주체 의식을 자각하게 하고 강력한 책무성을 일깨워준다. 문화적 주체 의식은 인간으로서 합리적 사유 능력을 갖추고, 능동적으로 삶을 운영하며 문화를 창조하는 활동 가운데 싹튼다. 이는 한 사회의 생활 조건에 대해 관조할 줄 아는 자각을 기초로 한다. 예컨대 대한민국 사회는 대한민국 국민이 스스로 심사숙고하며 삶의 방향을 결정해야 한다는 말이다. 자각의 뿌리는 유학이 일러주는 우환의식憂患意識이다. 그것은 인간들이 근심하고 걱정하는 환경의 소용돌이에서, 사람의 존엄과 가치, 사람됨과 사람다움의 의의에 대한 체험이다. 아울러 각자에게 내재된 생명력을 통해 걱정과 근심을 초월하고, 사회 공동체에 대한 강력한 책임을 느끼는 정서의 표출이다. 책무성은 직접적으로는 우리가 사는 사회를 구제하고 사람을 잘 살게 하는 행위 활동을 나의 임무로 여기는 작업이다. 적어도 최고지도자나 경영자라면, 사회 공동체에 대한 자각과 사랑, 희생과 봉사, 이른 바 살신성인殺身成仁의 철학이 요청된다.

이러한 유학의 정신이 공자가 『논어』에서 추구했던 문화 생명의 지속이다. 어떠한 문화 생명도 전통과 현대 사이를 가로지르기 마련이다. '포스트post'라는 개념을 빌어, 때로는 전통을 거부하며 새로운 길을 모색하고 때로는 전통을 이어 한층 승화한 삶의 양식을 고려한다. 지속이라는 이름으로 패러다임의 전환과 계승을 변주한다. 그만큼 『논어』도 변화를 겪었다. 『논어』가 지닌 우수한 사유가 면면히 계승되어온 측면도 있지만, 외래문화의 우수한 요소들이 『논어』와 화해하며 새로운 사유를 낳고 삶의 모습을 창조적으로 바꾸어 나간다. 이것이 다름 아닌 『논어』라는 문화 정신의 현대적 부활이다. 『논어』의 현대성이다.

누누이 강조한 것처럼, 『논어』 첫 장의 첫 마디는 '학이시습學而時習'이다. 학습은 배우고 시의 적절하게 익혀가는 우리 삶의 문제에 관한 화두였다. 그것은 메시지 1 '학습'에서, '수양', '윤리' '정치', '인물'에 이르기까지 일관된 드라마로 전개되었다. 이 드라마의 대미는 '부지명不知命'으로 시작한다. '우주 자연의 질서를 이해하지 못하면'이라는 우리 삶의 시공간에 관한 경각심! 세계를 파악해야 하는 인간의 의무이자 삶의 권리 추구!『논어』의 맨 끝에서 공자는 우리 삶의 사랑에 관한 노래로 사유를 마무리한다.

자연의 질서를 이해하지 못하면 올바른 인성을 갖출 수 없네!
사회의 도덕을 알지 못하면 세상에서 떳떳하게 행세할 수가 없다네!
자연의 질서와 사회의 도덕을 체득하여 적용하지 못하면 인생을 경영할 수 없으리라!

부지명 무이위군자야   不知命 無以爲君子也
부지례 무이립야   不知禮 無以立也
부지언 무이지인야   不知言 無以知人也

『논어』의 마지막 기록이다. 『논어』를 편집한 공자의 후계자들은 인생을 진지하게 고민했다. 그 집단지성의 결과, 『논어』는 '학습'에서 비롯하여 세계를 파악하고 삶을 경영하는 작업으로 현란한 메시지를 마무리한다. 배우고 익힘을 통해 우주 자연과 인간 세계의 법칙을 인식하고, 그것으로 삶을 영위하는 깊은 깨달음! 이런 차원에서 『논어』는 우리 삶을 아끼고 사람을 사랑하려는 인간학이다.

『論語注疏』『論語義疏』『論語集註』『論語集釋』『孔子家語』『詩經』『書經』『周易』『禮記』『春秋』『史記』『論語或問』『朱子語類』『莊子』

21세기 정치연구회 엮음.『정치학으로의 산책』. 서울: 한울, 2010.

김용옥.『논어한글역주』(1,2,3). 서울: 통나무, 2008.

김원중 옮김.『논어』. 서울: 글항아리, 2012.

배병삼 주석.『논어』(1,2). 서울: 문학동네, 2002.

성백효 역주.『論語集註』. 서울: 전통문화연구회, 1990.

신창호.『유교 사서의 배움론』. 고양: 온고지신, 2011.

신창호.『교육과 학습』. 고양: 온고지신, 2012.

신창호.『한글논어』. 서울: 판미동, 2014.

앤드류 헤이우스(조현수 옮김).『정치학』. 서울: 성균관대출판부, 2010.

유교문화연구소 옮김.『논어』. 서울: 성균관대출판부, 2005.

유명종,『공자의 인간애』. 서울: 현대미학사, 2001.

이기동.『논어강설』. 서울: 성균관대출판부, 1991.

이은선,『한국교육철학의 새지평』. 인천: 내일을 여는 책, 2000.

장기근 편저.『論語集註』. 서울: 명문당, 2009.

천웨이핑(신창호 옮김).『공자평전』. 서울: 미다스북스, 2002.

허버트 핑가레트(송영배 옮김). 『공자의 철학』. 서울: 서광사, 1991.

吉田賢抗. 『論語』(新釋漢文大系 1). 東京: 明治書院, 1976.

傅佩榮. 『論語三百講』(上,中,下). 臺北: 聯經出版有限公司, 2011.

薛澤通. 『論語的領導智慧』. 北京: 九州出版社, 2005.

楊伯峻. 『論語譯注』. 北京: 中華書局, 1980.

李澤厚. 『論語今讀』. 天津: 天津社會科學出版社, 2006.

錢 穆. 『論語新解』. 臺北: 東大圖書公司, 2006.

趙紀彬. 『論語新探』. 北京: 人民出版社, 1976.

平岡武夫. 『論語』(全釋漢文大系 第1卷). 東京: 集英社, 1981.

Burton Watson. *The Analects of Confucius*. New York: Columbia Univ., 2007.

David Hinton. *The Analects Confucius*. New York: Counterpoint, 1998.

Edward Slingerland. *Confucius Analects*. Cambridge: Hackett, 2003.

James Legge. *THE CHINESE CLASSICS*. 台北: 南天書局有限公司, 1981.

Roger T. Ames·Henry Rosemont, Jr. *The Analects of Confucius: A Philosophical Translation*. New York: The Ballantine Publishing Group, 1998.

Simon Leys. *The Analects of Confucius*. New York: Norton, 1997.

▍신창호(申昌鎬)

현재 고려대학교 교육학과 교수로 재직 중이다. 고려대학교에서 교육학과 철학을 공부하고 한국학중앙연구원 한국학대학원 석사과정에서 철학을 연구하였으며, 고려대학교 대학원에서 교육사철학을 전공하고 〈중용(中庸)의 교육철학〉으로 박사학위를 취득하였다. 고려대학교 입학사정관실장 및 교양교육실장, 교육문제연구소장 등을 지냈고, 한국교육철학학회 회장, 한중철학회 회장 등을 맡으며 교육사철학 및 한국·동양철학 관련 학회에서 활동하고 있다. 이외에도 독서문화연구원 연구소장, 아람청소년센터 이사, 쏙쏙체험 고문 등을 통해 독서교육 및 탐방 기행교육, 대안교육 등에 참여하고 있다.

논문으로는 「중용 교육사상의 현대적 조명」(박사논문)을 비롯하여 100여 편이 있고, 저역서로는 『교육과 학습』, 『수기(修己), 유가 교육철학의 핵심』, 『유교의 교육학 체계』, 『율곡 이이의 교육론』, 『함양과 체찰-퇴계의 공부법』, 『정약용의 고해-자찬묘지명』, 『정조책문』, 『논어의 지평』, 『맹자』, 『한글 사서(四書)』, 『주역 64괘 384효의 본질』, 『공자평전』(역), 『노자평전』(공역), 『관자』(공역), 『주역절중(전12권)』(책임역주), 『논어집주상설(전10권)』(책임역주), 『대학장구상설(전3권)』(책임역주), 『능단(能斷), 집착을 끊어라!』(역주) 등 다수의 저술이 있으며, 저서 가운데 여러 편이 대한민국학술원 우수학술도서 및 세종학술도서로 선정되었다. 대학(원)에서는 〈동서양 고전〉, 〈교육철학사상사〉, 〈유교교육학〉, 〈동서비교교육학〉, 〈인성교육론〉 등 동서양의 전통 교육철학을 중심으로 강의하면서 후학을 양성하고, 동서양 고전의 현대적 독해에 관심을 두고 연구하고 있다. 이메일: sudang@korea.ac.kr

논어의 메시지

초판 1쇄 인쇄 | 2019년 10월 13일
초판 1쇄 발행 | 2019년 10월 20일

지은이 | 신창호
발행인 | 한정희
발행처 | 종이와나무
편집부 | 김지선 한명진 유지혜 박지현 한주연
마케팅부 | 전병관 하재일 유인순
신고 | 2015년 12월 21일 제406-2007-000158호
주소 | 경기도 파주시 회동길 445-1 경인빌딩 B동 4층
전화 | 031-955-9300   팩스 | 031-955-9310
홈페이지 | http://www.kyunginp.co.kr
이메일 | kyungin@kyunginp.co.kr

ISBN 979-11-957602-5-1 03810
값 15,000원